아내 사랑하는 놈에게 죄를 물으신다면

아내 사랑하는 놈에게
죄를 물으신다면

초판 1쇄 펴낸날 · 2008년 1월 10일
재판 1쇄 펴낸날 · 2012년 3월 15일
재판 5쇄 펴낸날 · 2020년 8월 3일

풀어쓴이 · 김풍기 | 그린이 · 김종민
기획 · <국어시간에 고전읽기> 기획위원회, (주)간텍스트
펴낸이 · 김종필 | 편집장 · 나익수

디자인 · (주)간텍스트 | 아트디렉터 · 조주연, 남정 | 디자이너 · 김유나, 천병민 | BI디자인 · 김형건

인쇄 · 현문인쇄 | 영업 최광수
출고 · 반품 | (주)문화유통북스 박병례, 임금순, 한영미
종이 | (주)한솔 PNS 강승우

펴낸곳 · (주)도서출판 나라말
출판등록 · 제25100-2017-000044호
주소 · 03421 서울시 은평구 역촌동 83-25 정라실크텔 603호
전화 · 02-332-1446 | 전송 · 0303-0943-3110
전자우편 · naramalbooks@hanmail.net

값 · 11,000원
ISBN 978-89-968515-3-0 44810
    978-89-968515-0-9(세트)

*이 책의 국립중앙도서관 출판시 도서목록(CIP)은 e-CIP 홈페이지(http://www.nl.go.kr/ecip)와
 국가자료공동목록시스템(http://www.nl.go.kr/kolisnet)에서 이용하실 수 있습니다.
 (CIP 제어번호 : CIP2012001100)
*잘못된 책은 바꾸어 드립니다.

아내 사랑하는 놈에게 죄를 물으신다면

김풍기 풀어씀 ── 김종민 그림

나라말

〈국어시간에 고전읽기〉를 펴내며

『춘향전』은 '어사출두요!' 하는 장면. 『구운몽』은 성진이 꿈에서 깨어나는 장면.

거기서 끝이 나 버린다. 교과서는 지면의 한계가 있고 수업은 진도에 쫓기다 보니 국어 시간에 읽는 고전은 그렇게 끝나 버리는 경우가 많았다. 춘향이를 보고 첫눈에 반한 이몽룡이 얼마나 안절부절못했는지, 한양으로 떠나는 이몽룡을 붙들고 춘향이가 얼마나 서럽게 울었는지 모른 채 『춘향전』의 주제는 '신분을 초월한 사랑을 통해 드러나는 인간 해방 사상'이라고 가르치고 배웠다. 내가 성진이 되어 양소유로 환생한다면 어떤 근사한 삶을 살아 보고 싶은지 상상의 나래를 펼쳐 볼 기회도 없이 『구운몽』은 '몽유 구조라는 전통적인 액자 형식'으로 되어 있다고 가르치고 배웠다.

이제는 국어 시간에 제대로 고전을 읽어 볼 수 있었으면 좋겠다. 제대로 읽으려면 어떻게 해야 할까? 낯설고 어려운 옛말을 현대어로 풀이하고 밑줄을 그으며 분석하는 데만 골몰할 것이 아니라, 먼저 이야기 자체에 푹 빠져 보는 것이다. 고전은 오랫동안 많은 사람들에게 감명을 주며 오늘날까지 전해져 온 유산이기에 시간과 공간을 초월하여 즐거움과 깨달음을 전해 주는 보편성을 가지고 있다. 한편으로는 오늘날의 삶이 아닌 과거의 삶에서 피어난 이야기이기에 현대인이 경험해 보지 못한 새로운 세계를 펼쳐 보여 주는 특수성도 가지고 있다. 그러므로 고전은 어렵고 낯설고 지루한 것이 아니라, 즐겁고 신선하고 지혜로 가득 찬 것이라 할 수 있다.

대문호 셰익스피어의 작품들은 영국의 고전을 넘어서서 세계의 고전으로 칭송받고 있다. 영국에서는 그런 셰익스피어의 작품들이 널리 읽힐 수 있도록 옛말로 쓰인 원작을 청소년들이 읽을 수 있는 쉬운 현대어로, 어린아이도 읽을 수 있는 아주 쉬운 동화로 거듭 번역해서 내놓는다. 그리하여 셰익스피어의 작품들은 책이나 연극으로는 물론 만화로도, 영화로도, 드라마로도 계속해서 다시 태어나고 있다.

그런 희망을 담아 〈국어시간에 고전읽기〉를 펴낸다. 우리 고전을 사랑하는 사람들의 손을 거쳐 벌써 여러 작품이 새롭게 태어났다. 고전의 품위를 훼손하지 않으면서도 청소년들이 어렵지 않게 이해할 수 있는 말을 골라 옮겼고, 딱딱한 고전이 아니라 한 편의 아름다운 이야기로 독자들에게 다가가기 위해 새로운 제목을 붙였으며, 그 속에 녹아 있는 감성을 한층 더 생생하게 전할 수 있도록 정성스러운 그림들로 곱게 꾸몄다. 또한 고전의 세계를 여행하는 데 도움을 줄 '이야기 속 이야기'도 덧붙였다.

〈국어시간에 고전읽기〉와 함께 국어 시간이 고전의 바다에 풍덩 빠져 진주를 건져 올리는 시간이 되기를 바란다.

〈국어시간에 고전읽기〉 기획위원회

『윤지경전』을 읽기 전에

이 세상을 살아가면서 우리가 소중하게 생각해야 할 삶의 가치는 과연 무엇일까요? 돈이면 무엇이든 다 될 것처럼 말하는 많은 사람들 속에서, 자기도 모르는 사이에 그런 사람으로 변하고 있지는 않은가요?

잠자리에 들기 전, 가만히 눈을 감고 주변의 가까운 사람들을 떠올려 봅시다. 아마도 여러분을 낳아 주신 부모님과 소중한 가족들이 먼저 생각나지 않을까 싶네요. 매일같이 만나는 친구들도 생각나고, 선생님과 또 다른 사람들이 떠오를 수도 있겠지요. 한 걸음 더 나아가 생각해 보면, 그런 분들 덕분에 우리는 인간답게 살아갈 수 있는 게 아닐까요?

하지만 현실 속에서 뜻밖에 만나는 불합리한 일들이 우리 앞을 가로막습니다. 그런 일들은 때때로 우리가 인간답게 살아가는 것을 어렵게 만들기도 하지요. 우리는 집에서, 학교에서, 책에서, 사회에서 많은 사람들과 부대끼며 하루하루를 살아가는 동안 많은 것들을 보고, 듣고, 배우면서 세상의 불합리한 일들을 판단할 수 있는 나름대로의 기준을 만들어 나갑니다.

이제 읽을 『윤지경전』의 주인공인 윤지경은 세상의 어려움을 이겨 나가는 중요한 기준으로 사랑과 올바른 역사관을 내세웁니다.

윤지경은 임금의 딸인 옹주와 혼인을 하고 권력을 가진 사람들과 인척 관계가 됨으로써 부귀영화를 누릴 수도 있었지만, 모든 것들을 단호하게 거절합니다. 거절하는 이유의 중심에는 윤지경이 사랑하는 최연화가 있습니다. 임금의 협박과 박 귀인의 모함으로 온갖 고초를 겪지만 윤지경은 결코 굴복하지 않습니다. 오히려 힘든 상황이 닥칠수록 최연화에 대한 윤지경의 사랑은 더욱 굳건해져만 갑니다. 서로 멀리 귀양을 가 있으면서도 그리움의 정은 식을 줄 모릅니다. 윤지경은 최연화를 위해서라면 못할 일이 없을 것만 같습니다.

　　이러한 윤지경의 사랑이 소설의 한 축을 형성하고 있다면, 또 하나의 축은 바로 윤지경이 가진 올바른 역사관입니다. 역사관이란, 자신이 딛고 선 역사적 현실을 엄정하고 올바른 기준으로 바라볼 수 있는 눈입니다. 정치 상황을 냉철하게 꿰뚫어 보고, 그 현실이 정의로운가를 판단하는 것이 바로 그것입니다. 자신의 안전을 돌보지 않고 정직하지 못한 현실을 바꾸기 위해 임금을 향해 사자후를 터뜨리던 윤지경의 용기는 지금도 우리가 배워야 할 점이라고 생각됩니다.

　　중요한 것은, 일단 『윤지경전』을 읽는 일입니다. 재미있게 읽다 보면 소설의 작자가 전달하고자 하는 내용이 마음속에 들어올 것입니다. 또한 앞서 말한 윤지경의 사랑과 역사관을 마음에 두고 잘 생각하면서 이 소설을 읽는다면, 더 잘 읽을 수 있지 않을까요?

　　　　　　　　　　　　　　　　　　　　　　　　　　　　　　김풍기

이야기 차례

●●● 〈국어시간에 고전읽기〉에는 이야기의 재미와 이해를 돕기 위한
'이야기 속 이야기'가 함께합니다.

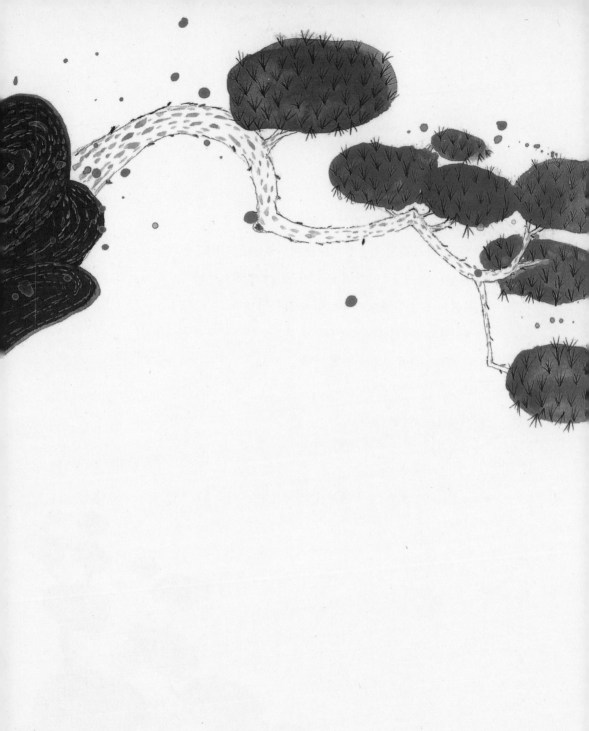

윤지경은 눈을 들어 설핏 연화를 보았다.

기이한 용모는 인적 없는 밤에 밝은 달빛을 새겨 놓은 듯,
곱디고운 두 뺨은 붉고 흰 모란꽃이 아침 이슬을 머금은 듯하였다.

아름답고 깨끗한 자태는 진실로

　　세상에 짝할 것이 없을 정도였다.

　　그녀를 처음 바라본 윤지경의 마음은

　　　　미친 듯 술에 취한 듯 어질어질하였다.

병들어 누운 동안
정이 깊어지고

　조선 중종 때 윤현(尹鉉)이라는 재상이 있었는데, 그에게는 아들이 셋 있었다. 이들은 모두 빼어난 용모와 뛰어난 재능을 지녀서 남들에게 부러움을 샀는데, 윤현은 그중에서도 특히 막내아들을 아꼈다.

　막내아들의 이름은 윤지경(尹知敬)이었다. 그는 풍채가 훤칠하고 잘생겼을 뿐만 아니라 글을 짓는 실력도 훌륭하였다. 과거에 응시하여 높은 성적으로 진사(進士)가 되자 윤지경의 이름은 세상에 더욱 널리 알려졌다. 이름이 높아지면 높아질수록 그를 사위로 맞아들이려고 많은 집안이 구름처럼 몰려들어 청혼을 하였다. 그렇지만 윤지경의 집안에서는 결혼할 곳을 정하지 않았다.

　윤지경이 열여섯 살 되던 해 여름이었다. 윤지경이 사는 지역에 돌림

병이 크게 유행하여 사람들이 죽어 나갔다. 사정이 급박하게 되자 윤현은 막내아들 윤지경을 데리고 돌림병을 피해 다른 곳으로 갔다.

윤현에게는 사촌 매부가 있었으니, 바로 최 참판이었다. 최 참판의 아내 윤씨 부인은 두 아들을 낳고 일찍 죽었다. 최 참판은 이후에 다시 이씨 부인과 재혼하여 연화(蓮花)라고 하는 딸을 얻었다. 이제 막 열세 살이 된 연화는 중국의 미녀 장강처럼 예뻤을 뿐만 아니라 태임과 태사처럼 덕과 성품 또한 유순하고 고왔다. 게다가 누가 가르쳐 주지도 않았는데 문장에도 뛰어났고, 홀로 익힌 바느질 솜씨며 수놓기도 수준급이었다. 최 참판 내외가 연화를 깊이 사랑했음은 말할 필요도 없었다.

윤현이 최 참판의 집에 도착하자, 최 참판은 연화를 나오게 하여 두 부자에게 인사를 올리도록 하였다. 그녀는 먼저 집안 어른을 뵙는 예로 윤현에게 인사를 올리고 나서, 윤지경과는 남매의 예로 인사를 나누었다. 윤지경은 눈을 들어 설핏 연화를 보았다. 기이한 용모는 인적 없는 밤에 밝은 달빛을 새겨 놓은 듯, 곱디고운 두 뺨은 붉고 흰 모란꽃이 아침 이슬을 머금은 듯하였다. 아름답고 깨끗한 자태는 진실로 세상에 짝할 것이 없을 정도였다. 그녀를 처음 바라본 윤지경의 마음은 미친 듯 술에 취한 듯 어질어질하였다.

윤지경은 마음속으로 생각하였다.

─────────────

※ **장강(莊姜)** ─ 중국 춘추 시대 위장공(衛莊公)의 부인. 미인으로 이름난 여인이었다.
※ **태임(太任)과 태사(太姒)** ─ 태임은 중국 주(周)나라 문왕(文王)의 어머니이며, 태사는 주나라 문왕의 아내이며 무왕(武王)의 어머니이다. 두 사람 모두 성품이 단정하고 어진 여인이었다.

'샛별 같은 얼굴과 눈빛, 어질면서도 어여쁘니 장강의 고운 눈이라
도 연화 아가씨보다 못할 것이며, 이 부인의 흰 얼굴이라도 이보다 못
할 것이며, 조비연의 날씬하고 가벼운 자태와 양귀비의 풍성함이라도
어찌 연화 아가씨에 비교할쏘냐. 정말 천하절색이로구나. 이처럼 백옥
같은 얼굴과 꽃 같은 모습의 아가씨가 아니라면 대장부의 일생이 어찌
즐거우랴. 당당하게 부모님께 아뢰어 최씨 가문에 청혼을 해야겠다.'
　윤지경은 그 자리에서 물러나 어머니를 뵙고 이렇게 말씀드렸다.

"최 참판 댁 아가씨는 천생 제 배필인 것 같습니다. 어머니께서 그 댁에 구혼해 주신다면, 소자는 평생토록 그 아가씨와 부부로 즐겁게 지내겠습니다."

윤지경의 어머니 또한 연화의 아름다움을 이미 들어 알고 있던 터였다. 그녀는 즉시 남편 윤현에게 말하여 최씨 가문에 혼사 문제를 의논해 달라고 하였다. 윤현이 구혼하자 최 참판은 안방으로 들어가 이씨 부인과 상의하였다.

"지경 도련님의 풍채가 준수하고 문장이 빼어난 데다 어린 나이에 진사시에 급제하여 참 아름답게 생각하고 있었습니다. 그렇지만 기상이 원래 활달하여 기생들이 있는 술집인 청루(靑樓)에 드나든다는 소문을 들었습니다. 그런 젊은이에게 어찌 우리 딸을 가볍게 허락할 수 있겠어요?"

최 참판은 원래 부인의 말을 존중하여 어기지 않는 터였는데, 이런 소문까지 거론하며 부인이 거절하자 어쩔 도리가 없었다. 그가 다른 핑계를 대면서 거절의 뜻을 전하자 윤현은 무안한 마음이 들었다.

그러던 중에 윤지경이 돌림병에 걸리게 되었다. 병이 한창 깊어지던 차에, 며칠 안 되어 연화 역시 병에 걸려 호되게 앓기 시작했다. 양쪽

※ 이 부인(李夫人) — 한(漢)나라 이연년(李延年)의 누이동생. 매우 아름다웠으며 춤을 잘 추었다.
※ 조비연(趙飛燕) — 한나라 성제(成帝)의 아내. 미천한 집안 출신이었지만 노래와 춤에 뛰어난 절세미인이었다.
※ 양귀비(楊貴妃) — 당(唐)나라 현종(玄宗)의 아내. 재주와 용모가 뛰어나 현종의 총애를 받았다.

집안에서는 서로 안타까워하며 열심히 병구완을 했지만 병세는 진정될 기미를 보이지 않았다. 심지어 두 사람이 피를 토하는 지경에 이르자 결국 다른 사람들을 위하여 집에는 환자만을 남기고 나머지 가족들은 피난을 가기로 하였다. 윤지경은 바깥채에 거처하게 하고 연화는 안채에 있도록 조처한 후에, 이들의 시중을 들 하인 몇 명만 남긴 채 모두 그곳을 떠났다.

시간이 지나자 다행히 두 사람의 병은 차도를 보이기 시작했다. 병이 점점 나아서 제법 산책을 할 정도가 되었다. 윤지경은 조금씩 심심해져서 정원을 돌아보거나 집 주위를 둘러보기도 하면서 시간을 보냈다. 그는 문득 연화의 병세가 궁금해졌다. 안채로 들어가 살펴보니 연화 역시 밖으로 나와 마루에 걸터앉아 있었다. 이들은 서로 병세가 호전된 것을 보고 기뻐하면서 축하의 말을 주고받았다.

윤지경은 눈을 들어 다시 연화를 바라보았다. 죽을병을 앓고 난 뒤라 얼굴 화장이나 옷단장을 하지 못했지만, 그 모습이 오히려 아리따웠고 하는 행동마다 너무도 어여뻤다. 두 사람은 바둑을 두기도 하고 쌍륙도 하며 함께 시간을 보냈다. 그러면서 윤지경은 일부러 친밀한 감정을 드러내며 연화의 행동거지를 살펴보았다. 연화의 사람 접대나 처신은 어른보다 나을 정도였다. 보면 볼수록 윤지경은 연화가 더욱 사랑스럽기만 했다.

몹시 더운 어느 날이었다. 두 사람이 앉아서 이야기를 주거니 받거니 하며 시간을 보내고 있는데, 연화의 뺨에 땀이 흐르는 것이었다. 윤지경이 그것을 보고 부채를 들어 시원하게 부쳐 주자, 연화가 웃으면서 말했다.

"수고롭게도 이렇게 부채를 부쳐 주시니 고맙습니다."

윤지경이 웃으며 낭랑하게 말했다.

"나는 윤씨 집안의 자손이고 소저는 최씨 집안의 자손입니다. 소저의 오라버니 두 분은 저의 육촌이지만, 소저는 이씨 부인 따님이니 같은 핏줄이라고 할 수 없지요. 그러니 어찌 우리가 남매지간이라 하겠습니까?"

연화가 대답했다.

"제가 어려서 촌수와 시비곡절을 모릅니다. 또한 아버님께서 그렇게 가르쳐 주시니 저는 남매지간으로 알고 있습니다."

말을 마치고 그녀는 부끄러워하며 옥 같은 얼굴을 숙였다. 윤지경이 웃으며 말했다.

"지난 번 소저에게 구혼했다가 결국 허락을 받지 못한 적이 있습니다. 혹시 어른들께서 무슨 말씀이라도 있으셨던가요? 내 비록 변변치는 못하지만 풍채와 재주가 소저께 부족하지 않다고 생각합니다. 또한 문장도 빼어나 다른 사람에게 부끄럽지 않습니다. 그런데도 제 청혼을 거절하시다니, 무슨 까닭이라도 있는 건가요? 알고 싶군요."

연화는 머리를 숙이고 앉아 아무 말도 하지 않았다. 윤지경이 다시 말했다.

※ 쌍륙(雙六) — 두 사람 또는 두 편이 두 개의 주사위를 던져서 나오는 수대로 말을 옮겨 먼저 궁에 들여보내는 놀이이다.
※ 소저(小姐) — '아가씨'를 한문 투로 이르는 말.

"혼인은 정말 중요한 일입니다. 남녀 사이의 분별을 지키는 세상의 형식적 예절만 내세우고, 소저의 마음은 어찌 말씀하지 않는 게요? 소저의 뜻은 어떻습니까? 우리 두 사람이 병 때문에 한집에 거처하면서 그 사이에 정이 깊어졌습니다. 어찌 속마음을 숨기려 하는 게요?"

한동안 생각에 잠겼던 연화가 드디어 말을 했다.

"부모님께서 하시는 일을 제가 어떻게 알겠어요?"

윤지경이 다시 웃으며 말했다.

"내게 문제가 있다고 생각하신 소저의 부모님께서 다른 곳에 구혼을 하여 잘된다면 모르겠지만, 만일 소저가 나보다 못한 사람과 혼인을 하게 되면 그때는 후회해도 어쩔 도리가 없을 겁니다. 진실로 당신의 속마음을 말해 보세요."

연화가 부끄러워하면서 대답을 못하고 일어나자, 윤지경이 그녀의 손을 잡고 다시 한 번 간청하였다. 그러자 연화는 어쩔 수 없이 나지막한 소리로 대답하는 것이었다.

"어머니께서는 그대가 청루에 드나든다는 이유 때문에 우리 혼인을 허락하지 않으셨습니다."

이 말을 듣고 윤지경이 웃으며 말했다.

"내가 언제 청루에 드나들던가요? 내가 진사시에 급제하여 잔치를 벌였을 때, 여러 명의 기생들이 모여 그중 한 사람과 친해진 적이 있었지만 헤어진 지 오래되었소. 그 일이 뭐 대단한 문젯거리가 됩니까? 다만 소저의 마음을 얻기만 하면 저는 만족합니다. 소저가 내게 애정을 보여 주신다면 이 몸은 신후경을 본받아 소저를 위하여 모든 정성을 다하겠습니다."

연화가 대답하였다.

"신후경은 너무 어리석어 죽음에 이르렀으니 불효막심한 사람입니다. 그 사람을 예로 드는 것은 군자가 하실 말씀이 아닙니다. 그렇게까지 저를 생각해 주시니 감격스럽습니다. 이제 저는 그대를 위하여 포숙의 신의를 지키겠습니다."

이 말에 윤지경은 기뻐서 크게 웃으며 말했다.

"그렇다면 우리 생사를 걸고 맹세합시다."

연화가 말했다.

"커다란 믿음은 맹세를 하는 법이 아닙니다. 게다가 아녀자는 남편을 위하여 죽을 수 있지만 대장부가 아녀자를 위하여 죽는다는 것은 안 될 말씀입니다. 부질없이 글자를 써서 맹세문을 만들어 봐야 번거로울 뿐입니다."

"소저의 말씀이 옳습니다. 오직 소저의 지극한 정성을 믿습니다."

"훗날 혹시 어떤 일이 벌어져서 죽음이 닥치더라도 저는 이 말을 잊지 않을 것입니다. 절대 의심하지 마세요."

※ 신후경(申厚卿) — 중국 원나라 때의 희곡 작품 「교홍전(嬌紅傳)」의 남자 주인공 신순(申純)을 가리킨다. 신순과 왕교랑(王嬌娘)의 비극적 사랑 이야기가 주된 내용이다.
※ 포숙(鮑叔)의 신의 — 관포지교(管鮑之交)를 나타내는 말. 제(齊)나라 때 관중(管仲)과 포숙(鮑叔)은 절친한 친구였는데, 관중의 처지가 어려워지자 포숙이 그를 최고의 재상 자리까지 오르도록 도와주었다.

윤지경은 뛸듯이 기뻐하였다. 그 뒤로는 연화를 애지중지하며, 밤이면 바깥채에서 자고 낮이면 안채로 가서 종일토록 시간을 보냈다.

돌림병이 완전히 사라지고, 병에 걸렸던 사람들도 모두 완쾌되었다. 윤지경은 더 이상 최 참판 댁에 머무를 이유가 없었다. 그가 떠나자 연화는 눈물을 흘리며 슬퍼하였다.

어느 날이었다. 연화는 그동안 윤지경과 함께 지내며 있었던 일을 자세히 부모님께 아뢰면서 서로 언약한 내용을 밝혔다.

"그분에 대한 저의 마음이 이렇게 깊어졌습니다. 제가 죽을병에 걸려서 고생하던 두 달 사이에 윤 도련님과 막역한 사이가 되었어요. 윤씨 가문 사람이 되기를 원합니다."

이 말을 듣자, 최 참판 부부는 기뻐하면서 말했다.

"만일 두 사람의 애정이 그렇다면 어찌 물리치겠느냐."

이들은 즉시 윤현을 만나서 청혼을 하였다. 윤현 역시 크게 기뻐하면서 대답하였다.

"따님의 나이가 어리고 두 아이 모두 죽을병에서 이제 막 벗어났으니, 내년 봄에 혼사를 치르도록 합시다."

두 집안은 이렇게 약속을 하고 혼인 준비를 시작했다.

아서라, 쌍륙·장기에 빠져 날 새는 줄 모를라

조선 시대 양반들은 어떤 놀이를 하며 시간을 보내고 무료함을 달랬을까요? 시조를 짓고 사군자를 그리거나 거문고를 타는 고상한 취미 생활도 많이 했지만, 실제로 양반들이 즐겨했던 놀이는 따로 있었으니 바로 바둑, 장기, 쌍륙, 승경도입니다. 그러나 식민지 시대였던 1936년에 일본은 우리나라의 전통 놀이 문화를 샅샅이 조사하여 『조선의 향토오락』이라는 책을 펴낸 뒤, 이 모든 놀이를 금지했습니다. 그날로 천 가지가 넘는 조선의 많은 놀이들과 함께 쌍륙과 승경도의 맥도 끊어지고 말았지요.

쌍륙, 다산도 연암도 푹 빠졌다네

쌍륙(雙六)은 장기와 윷놀이의 특성이 혼합된 놀이로 2개의 주사위를 굴려 나온 수만큼 말을 전진시켜 승부를 다투는 놀이입니다. 말은 12개 혹은 15개이며 혹, 백을 상대방과 나눠 가집니다. 주사위 두 개를 굴려 모두 6이 나오면 이길 확률이 높아 쌍륙이라는 이름이 붙었는데, 나무 주사위를 쥐고 논다고 해서 '악삭(握   )'이라고도 불렸습니다.

쌍륙은 삼국 시대에 전래되어 조선 사대부들의 대표적 놀이로 자리 잡았는데, 특히 사대부 집안의 여인들이나 기생들에게 인기가 있었습니다.

쌍륙은 단순한 놀이에 그치지 않고 돈내기 도박이 되는 일이 많았는데, 다산 정약용도 관직에 나가기 전 기생들과 3,000전이라는 거금을 뿌리며 쌍륙에 빠졌다고 합니다. 연암 박지원은 글을 쓰다가 막히면 왼손, 오른손을 나눠 혼자 쌍륙을 즐겼다고 하니 이 놀이가 얼마나 인기 있었는지 알 수 있습니다. 심지어 성종 21년(1490)에는 태조와 그 비(妃)인 신의왕후의 위패를 모신 사당인 문소전에서 불이 났는데, 알고 보니 이곳에서 종친과 제사를 돌보는 일을 하던 수복들이 쌍륙을 치다 그만 다툼이 일어 화로를 걷어차는 바람에 불이 난 것이었다고 하네요.

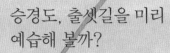

승경도, 출셋길을 미리 예습해 볼까?

　승경도(陞卿圖)는 승정도(陞政圖), 종경도(從卿圖), 종정도(從政圖) 등 여러 명칭으로 불렸는데, 주로 서울의 상류 계급 젊은이들이나 부녀자들이 즐기던 실내 놀이입니다. 관직을 적은 도면인 승경도와 주사위, 그리고 갖가지 빛깔의 말이 필요하며 대개 4명에서 8명까지 함께 즐길 수 있었습니다. 커다란 종이에 그려진 승경도에는 종9품부터 영의정까지 모든 관직이 문관과 무관을 구별하지 않고 그려져 있는데, 윷이나 주사위를 던져 그 숫자에 따라 승진하게 되는 것이지요.

　승경도는 과거에 급제해 높은 관직에 오르는 것이 꿈인 양반집 자제들과 젊은이들에게 큰 인기가 있었습니다. 승경도 놀이를 하다 보면 승진뿐만 아니라, 파직도 당하고 유배도 가고 심지어 사약을 받고 죽을 수도 있었지요. 또 수많은 관직의 등급과 이름을 익히고 관직 간의 관계를 배울 수 있어 양반집 자제들은 이 놀이를 하면서 조선 관료 제도를 자연스럽게 이해할 수 있었습니다. 아녀자들은 연초에 이 놀이를 하며 아버지나 남편, 형제들의 관운을 점치고 이들이 높은 자리에 올라가기를 빌기도 했습니다.

짐이 그대를 사랑하여 부마로 정하였거늘

다음 해 2월이 되었다. 윤지경은 때마침 있었던 과거 시험에서 장원으로 급제하여 그 이름이 온 나라에 가득하였다. 나이는 어리지만 풍채가 빼어나고 문장과 재주가 뛰어나 장원 급제를 하니, 딸을 가진 사람들은 모두 윤지경을 사위로 삼고 싶어 하였다. 당시 임금의 친족인 희안군(熹安君)이 즉시 찾아와 구혼을 하였다. 그러나 윤현은 윤지경이 최 참판 댁과 정혼을 하였다면서 거절하였다.

한편, 궁중에는 박씨(朴氏) 성을 가진 후궁이 있었는데 임금의 총애를 받아 일남 이녀를 낳고, 귀인의 지위를 받았다. 박 귀인이 낳은 왕손(王孫)은 복성군(福星君)이고, 장녀 연희옹주는 홍상(洪相)에게 시집을 갔다. 둘째 딸 연성옹주는 열세 살의 나이로, 혼처를 구하

고 있는 중이었다. 희안군이 구혼하였다가 거절당하자, 왕실의 구혼을
거절한 윤지경에게 화가 난 박 귀인은 즉시 임금에게 아뢰었다.

"이번에 장원 급제한 윤지경이 나이 열일곱에 아직 장가를 들지 않았
사옵니다. 우리 연성옹주와 혼인하도록 해 주시옵소서."

이 말을 듣고 임금 역시 좋다고 생각하여 혼사를 주선하기로 했다.

한편 윤지경이 과거에 급제하자, 윤현은 이제 혼례를 올려도 좋을 때
라 생각하고 최 참판을 만나서 말했다.

"저희 아이가 장원 급제하여 어사화를 꽂았으니, 이 기회에 그냥 혼례
를 올립시다."

이 말에 윤지경은 기쁨을 이기지 못하여 주변의 모든 사람
들을 휘몰아 최 참판 댁으로 달려가서 혼례를 시작하였다.

※ 귀인(貴人) — 조선 시대에 왕의 후궁에게 내리던 종1품(從一品) 내명부의
직위.
※ 옹주(翁主) — 임금의 후궁에게서 난 딸을 가리키던 말로 정실 왕비가 낳
은 딸은 '공주(公主)' 라 한다.

그때 갑자기 사신이 달려와 알렸다.

"주상 전하의 명령이 급하오! 윤지경은 즉시 혼례를 그만두고 명을 받들어 대궐로 들어오라는 분부요."

무슨 일인지도 모른 채 윤지경이 급히 대궐로 들어갔더니, 임금이 그를 어전에 불러들여 말하였다.

"연성옹주를 그대와 혼인케 하리니, 그리 알라."

윤지경은 땅에 엎드려 임금에게 아뢰었다.

"신(臣)은 너무도 뜻밖에 이 같은 하교(下敎)를 받았사옵니다. 신은 참판 최홍일의 딸과 혼인을 약속하고, 지금 혼례를 올리고 있던 중이었사옵니다. 전하의 명을 받들어 혼례를 중간에 그만두고 이렇게 이르렀나이다. 하교를 거두어 주시옵소서."

때마침 섬돌 아래쪽에 희안군이 서 있다가 임금에게 눈짓을 하며 말했다.

"비록 폐백을 들이고 전안례를 올렸지만 아직은 첫날밤을 치르기 전입니다. 지금 부마로 간택하셨사오니, 임금의 명을 받드는 것이 신하된 자의 도리인 줄로 아뢰옵니다."

이 말을 듣고, 임금은 노한 빛을 띠며 윤지경을 향해 말했다.

※ 폐백 — 결혼 전에 신랑이 신부 집에 보내는 예물.
※ 전안례(奠雁禮) — 혼례 때 신랑이 기러기를 가지고 신부 집으로 가서 혼례상에 올리고 서로 절하는 것을 가리키는 말.
※ 부마(駙馬) — 임금의 사위를 가리키는 '부마도위(駙馬都尉)'의 준말.

"짐이 그대를 사랑하여 부마로 정하였거늘, 어찌 핑계를 대면서 감히 거절한단 말이냐?"

윤지경이 머리를 조아리며 말했다.

"최씨 집안 여자와 혼례를 치르는 일이 없었다면, 어찌 감히 부마로 간택되는 은혜를 사양하겠사옵니까?"

임금이 크게 노하여 말했다.

"네가 어린 나이에 장원 급제하여 세상에 뵈는 게 없는 모양이구나. 공주가 아니라 옹주 신분이라고 업신여기는 것이냐? 너무도 무엄하구나."

윤지경이 다시 머리를 조아리며 말했다.

"소신(小臣)이 어찌 업신여기는 마음을 가졌겠사옵니까? 신의 나이 아직 어리지만, 제 말에 거짓이 없사옵니다. 조정의 명사들이 잔치 자리에 모여 있사오니 그들을 불러 물어보옵소서."

임금은 분노 때문에 얼굴빛까지 바뀌었다.

"첫날밤을 치르기 전까지는 남남이다. 옛날에도 그런 사례가 있었노라. 성종대왕 때에 경애공주를 결혼시켰는데, 첫날밤을 치르기 전에 공주께서 돌아가셨더니라. 이에 선왕께서는 부마로 간택했던 자에게서 부마의 지위를 거두시고 다른 여자와 혼인하도록 조처하신 적이 있었다. 왕실에서도 그런 일이 있는데, 너의 위엄과 생각이 성종대왕보다 더 낫다는 말이냐?"

윤지경이 대답하였다.

"신의 일과 그 일은 경우가 다르옵니다. 당시 공주께옵서는 돌아가셨지만, 신과 혼인하는 최씨 집안 딸은 살아 있사옵니다. 신이 부마가 되면 최씨는 어린 나이에 과부가 되옵니다. 전하는 덕이 넓으신 분이온데, 어찌 신하의 인륜을 끊으려 하시옵니까?"

희안군이 아뢰었다.

"받았던 폐백을 거두고 최씨 집안 여자를 다른 곳으로 시집을 보낸다면, 어찌 홀로 늙겠사옵니까?"

이 말에 윤지경이 화를 내며 희안군을 향해 말했다.

"애시당초 희안군 자신이 구혼하다가 허락을 받지 못하자, 그 일로 맺힌 마음이 있어서 전하께 부마로 나를 천거한 게 아니오? 전하께 아부하여 임금의 총명함을 가렸다는 혐의를 면치 못할 것이외다."

그는 다시 임금을 향해 말했다.

"충성스러운 신하들이 많이 있건만 괴이한 소인배의 간사하기 이를 데 없는 계책을 깨닫지 못하시니, 이는 전하께서 밝지 못한 탓이옵니다."

그러자 임금이 크게 화를 내며 말했다.

"희안군은 과인의 동생이니, 너에게는 작은 임금이 되는 분이다. 내 앞에서 욕을 하고, 게다가 나를 어둡고 못난 임금이라고 능멸하다니! 이는 모두 네 아비가 자식을 제대로 가르치지 못한 탓이다. 이에 대한 책임을 물어 벌을 주어야겠다."

윤지경이 어이가 없어 웃으면서 말했다.

"전하께서 보위에 오르신 지 19년입니다. 그동안 일월같이 밝고 성스러운 전하의 덕이 깊은 산과 궁벽한 골짜기까지 환하게 비추었습니다. 그러한데 왜 유독 소신에게만은 밝게 비추어 주시지 않사옵니까? 기준과 법도가 없는 처사에는 죽어도 복종할 수 없습니다."

임금은 더더욱 노하여 소리를 질렀다.

"내가 윤지경을 제압하지 못하겠는가! 임금을 욕한 죄로 의금부에 잡아 가두고, 그의 아비 윤현도 함께 가두도록 하라. 또한 길일을 받아서 혼례 준비를 하고, 최홍일에게는 이전에 윤지경에게서 받은 폐백을 돌려주라고 명하라!"

하루아침에 윤현 부자는 의금부에 하옥되는 신세가 되었다. 윤현은 뜻밖의 일에 놀라고 황망하여, 글을 올려 자신들의 억울한 사정을 아뢰었다.

"소신의 아들 윤지경이 망령되게도 전하의 뜻에 복종하지 아니하여 이렇게 죄를 범하게 되었사옵니다. 저희 부자를 함께 죽이신다 해도 올릴 말씀이 없지만, 최홍일의 딸은 이미 윤지경의 아내요 신의 며느리입니다. 전하의 성스러운 덕으로 인륜을 잇도록 해 주신다면, 최연화가 비록 보잘것없는 아녀자지만 하늘 같은 은혜에 감격하여 화산의 풀을 맺어 죽어서라도 은혜를 갚을 것이옵니다. 저희 부자도 힘을 다해 충성을 바칠 것이옵니다. 엎드려 바라옵건대 전하께서는 충분히 생각하시어 높은 가문의 훌륭한 신랑감을 간택하여 만복을 누리게 하옵소서."

이에 임금은 윤현을 불러 말했다.

※ 의금부(義禁府) — 임금의 명령을 받들어 죄인을 체포하여 심문하던 관청.
※ 길일(吉日) — 운이 좋거나 상서로운 날.
※ 화산(華山)의 풀을 맺어~갚을 것이옵니다 — 죽은 뒤에라도 은혜를 잊지 않고 갚는다는 뜻의 결초보은(結草報恩) 고사를 이용한 표현.

"나도 이러저러한 사정을 다 알고 있노라. 그런데도 그대 부자가 한결같이 과인을 속이는 것이냐. 혼인이 인생살이에서 커다란 일이기는 하지만 갑자기 사정이 생겨서 혼인을 물리치는 경우가 때때로 있을 수 있다. 신랑감을 다시 골라서 최홍일의 딸을 시집보내도록 하면 되지 않겠느냐."

임금이 이렇게 나오자 윤현과 윤지경은 어쩔 도리가 없었다. 일이 이렇게 되자, 다른 신하들은 오히려 윤지경을 안타깝게 여겼다.

윤지경의 혼인 문제가 조정을 뒤흔들자, 사간원과 사헌부 두 관청의 책임자는 함께 임금에게 글을 올려 간언하였다.

"신 등이 듣자 하오니 윤지경이 최홍일의 사위로 자처한다 하옵니다. 혼인이란 것은 왕법(王法)의 위엄을 내세우기보다는 두 집안의 상의를 거쳐야 하는 것입니다. 그러하온데 윤현 부자를 감옥에 가두시고, 또 최홍일에게 이미 받은 폐백을 돌려주라고 하교하시는 것은 옳지 못한 일이라 생각되옵니다. 하교를 거두어 주소서."

상소문을 읽은 임금은 화를 내면서 두 곳의 책임자를 파직하였다. 그러자 홍문관에서 상소를 올려 아뢰었다.

"혼인은 상서롭고 좋은 일이온데 신랑과 사돈을 감옥에 가두신 것은 옳지 못한 일이옵니다."

임금 역시 그 말은 일리가 있다고 생각하여, 윤현과 윤지경 두 사람을 풀어 주면서 길일을 잡도록 하였다. 두 사람이 옥에 갇힌 지 벌써 수십 일이 지난 후였다. 윤지경은 분노와 원망을 이기지 못하였지만, 어쩔 수 없는 노릇이었다.

윤지경 부자를 감옥에 수십 일 가둔 것은 임금에게도 민망한 일이었다. 또한 일이 어찌되었든 이제 곧 연성옹주와 혼인할 윤지경에게 변변찮은 벼슬 하나 없다는 것도 마음에 걸렸다. 임금은 윤현을 불러 하교하였다.

　　"윤지경의 죄가 무겁지만 혼례를 위해 길일을 잡았으니, 윤지경에게 벼슬을 내리겠노라."

　　윤지경은 응교라는 벼슬을 받아, 어쩔 수 없이 홍문관으로 출근하게 되었다.

※ **사간원**(司諫院) ── 조선 시대에 임금의 잘못을 바로잡도록 아뢰고 정치의 잘잘못을 논박하던 일을 맡았던 관청.

※ **사헌부**(司憲府) ── 정치의 옳고 그름을 논의하고 풍속을 바로잡으며, 모든 관리들을 살펴서 잘못된 일이 없도록 관리하는 관청.

※ **홍문관**(弘文館) ── 조선 시대에 궁중의 온갖 문헌 및 문장과 관련된 일을 총괄하고, 임금의 고문 역할을 담당하던 관청.

※ **응교**(應敎) ── 조선 시대에 홍문관에 속하여 학문 연구와 문서 작성에 관한 일을 맡아보던 정4품 벼슬.

아름다운 눈썹에는 시름이 맺혀

　하루는 윤지경이 최 참판 댁으로 갔다. 그를 보자, 이씨 부인은 눈물을 비 오듯 흘리고 최 참판 역시 슬퍼 탄식하면서 말하였다.

　"임금께서 폐백 받은 것을 물리라 명하시니, 우리 딸아이는 다시는 시집을 가지 않고 깊은 규방에서 그냥 늙어 가겠노라고 마음을 정하였다네. 나 또한 원로 재상으로서 임금의 명을 어찌 어길 수 있겠는가."

　윤지경이 슬퍼하며 말했다.

　"그러면 연화 아가씨와 서로 얼굴이나 보도록 해 주십시오."

　최 참판이 대답하였다.

　"그러면 안 되는 줄은 알지만, 어찌 되었든 자네 아내니 잠깐 보고 가게나."

최 참판은 말을 마치고 잠시 연화를 불러냈다. 연화는 그 소리를 듣고 바깥사랑으로 나와 어머니 옆에 다소곳이 앉았다. 근심과 부끄러움을 띤 얼굴로 앉아 있는 연화의 모습을 보며, 윤지경은 그녀가 지금의 복잡하고 어지러운 상황을 아는지 모르는지 가늠할 수가 없었다. 그렇지만 조용히 앉아 있는 연화의 모습에서 달빛처럼 은근히 일렁이는 반가움을 엿볼 수 있었다. 연화의 어질고도 연약한 자태와 마주하자 윤지경의 마음은 부서지는 듯하였다. 괴로운 마음을 이기지 못하고 앉아 있는 윤지경과 속마음을 숨기고 고개를 숙인 채 묻는 말에만 대답을 하고 있는 연화. 두 사람을 바라보는 최 참판 부부는 더욱 슬픈 마음이 들었다.

윤지경이 집으로 돌아가는 것을 잊고 마냥 앉아 있는 것을 보다 못해, 최 참판은 연화를 안채로 들여보냈다. 그리고 윤지경의 손을 잡고 밖으로 나와 간곡히 타일렀다. 임금의 명이 지엄하니 다시는 연화를 만나러 오면 안 되며, 계속 온다면 윤지경의 집안뿐만 아니라 최 참판 자신의 집안도 화를 면치 못할 것이라고 차근차근 설명하였지만, 그렇게 말하는 최 참판의 마음 역시 찢어지는 듯하였다. 윤지경도 어쩔 수 없이 집으로 돌아왔지만, 그만 마음속에 맺힌 원한이 병으로 이어져 몸져눕게 되었다.

어떤 음식도 먹지 못하고 병치레를 하고 있던 중에 드디어 연성옹주와 혼례를 치러야 할 날이 닥쳤다. 혼례식을 거행하는 날 윤지경은 처음으로 연성옹주를 보게 되었다. 그런데 전혀 볼품이 없을 뿐만 아니라 표독하고 어질지 못한 성품이 겉모습에 나타나는 것을 보고 윤지경은 너무도 불쾌하고 마뜩지 않았다. 연성옹주의 모습을 볼 때마다 마음속에는 연화의 얼굴이 더욱 선명하게 새겨졌다. 혼례식이 끝나 두 사람은 첫날밤을 지내려고 방으로 들어갔지만, 윤지경은 허리띠를 풀지도 않고 그냥 밤을 새웠다.

이튿날 아침, 윤지경은 방에서 나와 대궐로 들어갔다. 임금에게 문안을 올리자, 속사정을 모르는 임금은 기뻐 웃으며 말했다.

"네가 죄를 지었을 때는 참으로 가슴 아프고 한스러웠는데, 이제 내 자식이나 다름없게 되고 보니 이렇게 어여쁠 수가 없구나."

임금은 즉시 부마로 삼는다는 교지(敎旨)를 친히 주었다. 윤지경은 꿇어앉아 교지를 받고 임금의 은혜에 감사한다는 인사를 올렸다. 그러고는 박 귀인에게 가서 인사를 올리는데, 교만하고 표독한 모습에 등골이 오싹해지는 느낌마저 들었다. 박 귀인은 이제 자신의 사위가 된 윤지경의 모습을 찬찬히 살폈다. 아름답고 늠름한 풍채를 보니 사랑스러운 마음이 절로 일어나는 듯했다.

윤지경은 대궐을 나와 집으로 돌아와서 대문에 들어서자마자, 하인을 불러 자신이 타고 온 가마를 산산조각 내어 부수도록 하였다. 집 안에 들어선 그는 소매 안에 넣어 두었던 부마 교지를 꺼내서 땅에 집어 던졌다. 이 모습을 보던 윤현이 크게 꾸짖으며 말했다.

"이게 무슨 짓이냐? 임금께서 주신 교지를 업신여기다니! 네가 어찌 이렇게 불공하단 말이냐!"

겉으로는 꾸짖었지만 윤현이라고 해서 어찌 아들의 마음을 모를 것인가. 그는 다시 윤지경을 앞에 앉혀 놓고 간곡히 타일렀다.

윤현의 집은 서대문 밖에 있었는데, 윤지경이 결혼을 하자 임금은 옹

주궁을 사대문 안에 지어 주고 모두 그곳으로 이사하여 함께 살도록 하
였다. 윤현 역시 임금의 명을 거역할 수 없어 옹주궁 옆에 집을 사서 거
처하고, 원래 살던 본가는 둘째 아들 윤의경에게 주었다.

윤현 내외는 어쩔 수 없이 옹주를 며느리로 맞아들였지만 얼굴이 못
나고 자태가 볼품이 없어 시부모 입장에서는 내심 불쾌했다. 그러나 왕
의 위엄이 두려워, 오히려 며느리를 공경해야 하는 처지였다. 윤현은
여전히 마음속으로 연화를 며느리로 생각하면서 불쌍하게 여겼다. 최
참판 역시 서대문 밖에서 살았는데, 윤현은 자주 그곳을 드나들면서 최
참판 부부와 연화를 만나 위로하였다. 그는 연화를 볼 때마다 어여쁘고
가련한 마음을 주체할 길이 없었다.

윤지경 역시 옹주궁으로 가지 않고 부친이 거처하는 곳으로 가서 지
냈다. 밤이면 조카인 격석과 문석 등을 데리고 함께 잠을 잤다.

하루는 윤지경이 연화를 보려고 최 참판 댁으로 갔다. 예전과 마찬가
지로 연화는 부모님을 옆에 모셔 놓은 자리에서 윤지경을 만났다. 옹
주와 결혼한 이후 연화는 윤지경을 단둘이 만나지 않았던 터였다. 연
화의 아름다운 눈썹에는 시름이 맺혀 더욱 곱고 신비로워 보였다. 윤
지경은 그러한 연화가 어여쁘고도 애처로워 자기도 모르게 눈물을 흘
렸다. 한동안 그렇게 앉아 있던 윤지경이 말문을 열었다.

"지난해 그대는 포숙의 믿음을 말씀하신 바가 있지요. 나는 그대를
못 잊어 이렇게 자주 찾아오는데 한 번도 단둘이 만나서 대접하는 일이
없습니다. 당초 언약한 그 믿음은 어디로 갔단 말이오? 믿음을 저버렸
소?"

연화가 나지막한 목소리로 대답했다.

"그때 우연히 했던 말이 이렇게 딱 맞았네요. 저는 여전히 포숙의 믿
음을 가지고 있습니다. 그러나 상공께서 당시에 예로 들어 말씀하시던

신후경의 옛일대로 하신다면 이제 흔쾌히 목숨을 버리시겠습니까? 저는 다만 보내 주신 폐백을 지키며 텅 빈 방에서 홀로 늙어갈 뿐, 어찌 상공을 대접할 일이 있겠습니까? 이제 제가 죽고 사는 일은 부모님만 아실 것이니, 번거롭게 자주 오셔서 저를 찾지 마십시오."

말을 마친 연화의 눈에는 눈물이 가득했고 얼굴은 참담한 빛으로 변했다. 그 모습을 보자 윤지경은 더욱 서러워 함께 눈물을 쏟았다. 최 참판 부부도 두 사람의 모습을 보며 애처로워 어쩔 줄을 몰랐다.

연화가 자기 방으로 들어가자 윤지경이 말했다.

"장인어른께서는 고집을 부리지 마시고 제 소원을 풀어 주십시오."

연화와 함께 지낼 수 있도록 해 달라는 윤지경의 요청에, 최 참판은 탄식하면서 말했다.

"낸들 왜 우리 딸아이가 불쌍하지 않겠으며, 자네를 사랑하는 마음이 왜 없겠는가. 그렇지만 이 일을 빌미로 두 집안에 재앙이 닥친다면 어찌하겠는가. 박 귀인은 왕후 마마께옵서도 두려워하는 권세를 지닌 사람일세. 자네가 우리 집안과 계속 연락하면서 드나든다는 사실을 알게 되면 두 집안 모두 화를 입게 될 것이야. 그리되면 서로 마음만 사납게 될 뿐일세. 이제 우리 집에는 발길을 끊는 것이 좋을 듯싶네."

윤지경은 아무 말도 못하고 밖으로 나와 서성거렸다. 마음이 진정되지 않았다. 그때 우연히 최 참판의 손녀 효혜를 만났다. 그는 효혜에게 연화의 침소가 어디인지, 어떻게 들어갈 수 있는지 자세하게 물어본 뒤 집으로 돌아왔다.

윤지경은 대궐을 드나들 때 언제나 무명으로 만든 관복과 은으로 만든

소박한 허리띠를 둘렀다. 그 모습을 본 임금이 윤지경에게 물었다.

"네 직위에 맞게 비단으로 만든 관복을 입고 허리띠를 매지 않고, 어찌하여 무명으로 만든 관복을 입고 은띠를 매고 다니느냐?"

윤지경이 대답하였다.

"신이 비록 못난 사람이지만 부모님의 검박함을 본받아 사치스러운 행실을 하지 않으려고 하옵니다. 무명 관복과 은띠가 신에게는 적당한 줄 아뢰옵니다."

그 말을 들은 임금은 윤지경의 손을 잡고 어여뻐서 어쩔 줄 몰라 하면서, 여러 가지 물건을 하사하여 기특한 마음을 위로하였다. 그러나 윤지경은 하사품을 모두 사양하며 물리치니, 임금은 더더욱 그를 어여뻐 여기는 것이었다.

부마는 1품에 해당하는 직위였다. 윤지경은 부마의 녹봉을 받으면 부모님께 일부를 떼어 드려서 생활을 하시도록 하고, 나머지는 옹주궁으로 보냈다. 그리고 자신은 부모의 집에서 아침저녁 숙식을 해결하였다.

왕의 사위, 부마의 삶

너무 빼어난
젊은이는 안 된다오

왕의 딸을 아내나 며느리로 맞는 일은 가문의 영광입니다. 하지만 그것이 꼭 좋은 일만은 아니었던 모양입니다. 공주를 아내로 맞아 부마가 되면 마음대로 첩을 들일 수 없었고, 재혼할 수도 없었으며 항상 부인의 눈치를 보면서 살아야 했습니다. 시부모의 입장에서도 며느리지만 왕의 딸이니 늘 깍듯이 예를 지켜야 했습니다. 더구나 왕실에서 권력 투쟁이라도 일어나면 거기에 휘말려 일가친척 모두가 몰락하기도 했으니, 부마가 되는 일은 가문의 영광인 한편 가문의 큰 부담이기도 했습니다.

어떻게 부마를 뽑았을까?

공주와 옹주의 나이가 차면 우선 나라에 금혼령을 내려 12세 이상 양반 집 자제들의 결혼을 금지하였습니다. 전국에서 모인 후보들 중에서 먼저 20명 정도를 뽑아 초간택을 하고 그중 7명을 재간택한 다음, 최종적으로 부마를 뽑았습니다. 부마가 되지는 않았지만 후보로 간택되었던 소년들에게는 지필묵, 복주머니, 후추 등의 상을 내렸다고 합니다.

▲ 철종의 딸 영혜옹주와 남편 박영효
가 살았던 집.
▼ 왕실의 혼례 절차를 기록한 『영조정
순후가례도감의궤』 반차도의 일부분.

어떤 사람을 부마로 뽑았을까?

부마는 왕의 사위이므로 당연히 인물과 재주가 빼어난 사람을 뽑아야
겠지만 실상은 그렇지 않았습니다. 조선은 건국 과정에서 피비린내 나
는 왕자의 난을 두 차례나 겪으면서, 세자가 아닌 왕자나 부마에게 권
력을 주어서는 안 된다는 뼈저린 교훈을 얻었지요. 그 후로 왕실은 부
마가 정치에 관여하게 될 것을 우려해 너무 훌륭한 인재는 일부러 뽑지
않았고, 나중에는 아예 왕족과 부마의 정치 참여를 법으로 금지했습니
다. 또한 부마가 되면 아무리 실력이 빼어나도 과거도 볼 수 없고 관료
도 될 수 없었기 때문에, 똑똑하고 실력 있는 젊은이들은 부마가 되기
를 꺼렸습니다.

부마가 얻는 부와 명예

공주나 옹주가 사대부가로 시집을 가면 왕은 대개 궁궐 근처에 집을 지
어 주었는데, 문종은 딸 경혜공주에게 천 칸이 넘는 집을 지어 주려 했
다고 합니다. 당시 삼정승의 집이 99칸이었으니 왕의 딸 사랑이 어떠
했는지 알 수 있지요.

이렇듯 부마가 되면 부와 명예가 보장되었는데, 공주와 혼인하면 종
1품의 지위에 88석의 곡식과 20필의 포를 받고 천 평 남짓한 저택을
지을 수 있었으며, 옹주와 혼인하면 종2품의 지위와 76석의 곡식, 19
필의 포를 받고 750평 정도의 저택을 지을 수 있었습니다.

부마의 굴곡진 삶

부마가 아무리 직접 정치에 관여하지 않는다 해도, 왕실의 권력 구도가
바뀌면 부마도 그 불똥을 피해 갈 수 없었습니다. 태조 이성계의 셋째
딸 경순공주의 남편 이제가 왕자의 난에서 죽임을 당한 것을 시작으로
단종의 누이인 경혜공주의 남편도 단종이 유배되자 사약을 받아 죽었
습니다.

한편, 부마는 직접 정치에 관여할 수 없었지만 부마의 아버지나 형제
들은 부마의 지위를 이용해 권력을 잡을 수 있었기 때문에, 집안을 위
해 희생하는 경우도 있었습니다. 연산군 때의 임사홍이나 중종 때의 김
안로 등이 아들을 부마로 만들어 권력을 잡은 대표적인 예입니다.

馬付

담 넘어 눈길 위로
부마가 다니니

　어느 날이었다. 윤지경은 마음을 진정시키지 못하고 날이 저물도록 이리저리 서성거렸다. 연화가 너무 그리웠기 때문이었다. 그는 초록 중치막을 입고 검은 갓을 쓴 차림으로 서대문 밖으로 나가 최 참판 댁으로 갔다. 주변을 둘러보니 캄캄한 밤이라 인기척이 전혀 없었다. 얼른 뒷담을 넘어 들어가 연화의 침실로 찾아가서 문틈으로 엿보니, 연화는 등불을 밝히고 올케인 진사 부인과 마주 앉아 이야기를 하고 있었다.

　"부마께서는 요즘 부귀를 누리면서 옹주와 즐겁게 지내는데, 아가씨는 어찌하여 홀로 늙으려 하세요? 그분이 혼례를 올린 지도 어느덧 일곱 달이 지나 가을의 서늘한 기운이 일어나네요. 귀뚜라미 소리가 너무 구슬퍼서 잠을 이루지 못하고 이렇게 왔어요."

그러자 연화가 눈물을 글썽이며 말했다.

"어렸을 때나 지금이나 다른 게 없어서 특별히 서러운 것은 아니지만, 부모님께서 저리도 슬퍼하시니 살아가는 게 너무 어지러워요. 불효를 저지른 것이 마음에 걸려서 편안치 못하네요."

두 사람이 이야기를 나누다가 밤이 깊어 진사 부인이 돌아갔다. 혼자 남은 연화가 홀연 탄식을 하며 중얼거렸다.

"나처럼 박명한 사람이 어째서 세상에 태어나 부모님께 서러움을 끼치는 것일까?"

그녀는 길게 한숨을 쉬고, 잠자리에 들려고 몸을 눕혔다. 그 정경을 엿보던 윤지경은 연화가 너무도 가련하고 불쌍하여 얼른 방문을 열고 들어갔다. 갑자기 웬 사람이 뛰어들자 연화는 깜짝 놀라 일어났다. 정신없이 쳐다보니 바로 윤지경이 아닌가. 그녀는 떨리는 목소리로 말했다.

"이 깊은 밤에 어디서 오시는 길이세요?"

윤지경이 웃으며 말했다.

"내가 여기 온 것이 그토록 놀랍고 의아하고 괴이하단 말이오? 쓸데없는 말은 필요 없습니다. 밤이 깊었으니 하룻밤 묵어갔으면 하오."

연화는 부끄럽고 민망하여 나지막한 소리로 말했다.

"부부 관계는 인륜 중에서도 소중한 것입니다. 우리 두 사람은 아직 혼례를 완전히 끝내지 못한 사이입니다. 게다가 그대는 부마의 지위에 계시니, 이곳 출입을 더더욱 자중해야 합니다. 그런데 한밤중에 들어오시다니, 군자의 체면이 손상될까 걱정됩니다."

윤지경이 웃으면서 대답하였다.

"아까 문밖에서 잠간 들었을 때는 진사 부인께 이러쿵저러쿵 말씀하시더니, 이제 와서 이렇게 말씀하시는구려. 그렇다면 나를 거절하시겠다는 말씀이오? 어쨌든 오늘 밤은 이곳에서 자고 가야겠소."

윤지경은 아무렇지도 않게 연화와 함께 잠자리로 갔다. 얽히고설킨 그들의 사랑은 비할 데가 없었다. 윤지경이 말했다.

"나를 죽인다 해도 그대를 절대 잊을 수 없을 것이오. 내일부터는 매일 찾아오리다."

이들은 서로 그리워하던 마음을 푸느라 길고 긴 가을밤이 끝나는 것도 깨닫지 못했다. 새벽을 알리는 북소리가 아련히 들려왔다. 그 소리에 놀란 윤지경은 얼른 일어나 다시 담을 넘어 그 길로 조정에 출근하였다.

연화는 간밤의 일을 부모님께 아뢰고 싶었지만 뭐라 말씀 드려야 할지 몰라 안절부절못하였다. 또한 차마 윤지경의 마음을 저버릴 수도 없어서, 결국 그 일을 전혀 입 밖에 내지 않는 바람에 집안사람 누구도 알아채지 못하였다.

그 후로 윤지경은 매일 저녁이면 슬그머니 집을 나가 연화의 침소에 갔다가, 새벽이면 다시 담을 넘어 조정으로 출근하였다. 이 일이 매일 반복되자 연성옹주야말로 결혼은 했으되 밤마다 홀로 빈방을 지키는 신세가 되었다. 윤지경이 남편이라고는 하지만 밤이면 어디로 가는지 알 도리가 없었다. 하루에 한 번씩 낮이면 들어와 얼굴을 마주할 뿐이었다. 연성옹주는 낙담하여 크게 한스러워하였고, 옹주궁의 사람들은 모두 윤지경을 원망하며 분노했다.

일이 이렇게 되자 그 말이 임금의 귀에 들어가지 않을 도리가 없었다. 그렇지만 임금 역시 어떻게 그 일을 해결해야 할지 묘책이 떠오르지 않았다. 그저 이렇게 말을 할 뿐이었다.

"비록 자식의 일이지만 부부간의 사정을 내가 어찌 아는 체하겠느냐. 무슨 일이 생기면 내가 사위를 야단치고 타이르도록 하겠다."

한편 박 귀인의 장녀와 결혼한 홍상은 연성옹주와 매우 친한 사이였는데, 임금이 주면 줄수록 끝없이 더 얻으려고 하는 사람이었다. 장모 박 귀인을 얼마나 지극히 받들어 모시는지 마치 친부모에게 하는 것 같았다. 박 귀인도 자신을 극진히 모시는 사위 홍상을 매우 애지중지하였다.

홍상의 부친인 홍명해는 대사헌(大司憲)이라는 관직에 있었다. 그는 언제나 복성군과 함께 돌아다니면서 근거 없는 말이나 허황된 소문을 퍼뜨려서 문제를 일으키기도 하였다.

홍명해는 임금 앞에서 공공연하게 복성군의 글 솜씨와 재주가 세자의 재주보다 훨씬 뛰어나다고 칭찬하곤 하였다. 박 귀인 역시 홍명해와 같은 당파에 속하였기 때문에, 임금에게 홍상의 재주와 덕이 얼마나 뛰어난지, 그리고 복성군의 글 솜씨와 재주가 얼마나 훌륭한지 수시로 칭찬하였다. 이런 이야기를 하는 틈틈이 박 귀인은 윤지경이 연성옹주를 너무 박대한다는 것, 그 행동이 지나쳐서 죄가 무겁다는 것, 이 일은 특히 임금의 명으로 엄히 다스려야 한다는 것 등을 주장하였다. 그러나 임금은 이 말을 듣고 그냥 웃기만 할 뿐 아무런 대답도 하지 않았다.

어느새 시간은 흘러 겨울이 되었다. 윤지경은 눈보라를 무릅쓰고 매일 밤마다 연화를 만나러 다녔다. 하루는 최 참판 댁 하인들이 모여 일을 하면서 이런저런 이야기를 나누었다.

"이봐! 내가 오늘 새벽에 마당의 눈을 쓸다가 이상한 걸 보았네. 웬 발자국이 동산 담 쪽에서 연화 아가씨 머무시는 안채까지 이어져 있는 게 아닌가. 도둑이라도 든 게 아닐까?"

"그래? 그렇다면 주인마님께 말씀을 올려야겠네."

수상한 소문이 하인들 사이에 파다하게 퍼져서, 결국은 최 참판의 아들 최 한림의 귀에까지 들어갔다. 최 한림은 단박에 그 발자국의 주인공이 윤지경이라는 사실을 알아차렸다. 그는 아무에게도 알리지 않고 매일 밤마다 발자국이 있었다는 동산 담 쪽을 엿보았다.

달빛이 아련하게 빛나고 가랑눈이 흩뿌리는 어느 날 밤이었다. 누역을 입은 사람 하나가 담을 넘어오는 것이었다. 최 한림은 즉시 하인 몇 사람을 불러서 저 도적놈 잡으라고 소리를 질렀다. 하인들은 재빨리 달려가서 담을 넘어온 사람을 잡았다. 그러자 그 도적이 웃으며 말하는 것이었다.

"이보게. 나 부마일세."

그 말을 들은 하인들 중, 어떤 늙은 종이 앞으로 나서며 귀가 어두워 말을 알아듣지 못하는 척하면서 대꾸하였다.

"불렀으니 왔다는 말이 더욱 흉악하구나. 그놈을 꼼짝 못하게 동여매어라."

하인의 엉뚱한 말대꾸에 윤지경은 어이가 없어 화가 났지만 어쩔 수가 없었다. 그래서 다시 이렇게 말했다.

"네 상전을 이렇게 대하고 나중에 어쩌려고 그러느냐?"

늙은 하인이 또 대답하였다.

"아무려면 상놈이지 양반이겠느냐?"

윤지경이 다시 웃으며 말했다.

※ **누역** — 도롱이. 띠풀이나 볏짚으로 엮어 만든 것으로, 비가 올 때 어깨에 걸쳐서 비옷으로 사용했다. 정교하게 만든 것은 추위를 막기 위한 방한 도구로도 사용했다.

※ **불렀으니 왔다는 말이 더욱 흉악하구나** — 하인이 일부러 윤지경의 말을 못 알아듣는 척하면서 말장난을 하는 것으로, 다음에 이어지는 두 사람의 대화는 모두 이런 방식의 언어유희를 보여준다.

"응당 양형이 시킨 일이겠구나."

늙은 하인이 다시 말했다.

"아무려면 아니 가겠느냐? 갈 곳은 응당 형조(刑曹)나 포청(捕廳)이지, 아니 가리라고 생각했느냐?"

늙은 하인이 전혀 말을 못 알아듣는 체하자, 윤지경도 어쩔 도리가 없어 포승줄에 꽁꽁 묶여 마당으로 끌려 나왔다. 연화의 두 오빠 최 한림과 최 진사는 대청마루에 앉아서 돌아가는 상황을 지켜보고 있었다.

"너희들은 저 도적놈이 도망치지 못하도록 잘 지키라! 내일 포도청으로 보내야겠다."

이 말을 듣고 윤지경이 웃으며 말했다.

"두 분 형들이 나를 바깥에 묶어 놓고 이렇게 모욕을 주는구려. 나중에 무슨 면목으로 나를 보려 하는 거요?"

최 한림이 웃으며 대꾸했다.

"도적놈이 건방지게 나더러 모욕을 준다고 하다니, 저 놈을 매로 엄히 쳐라!"

그의 말에 모든 하인들이 돌아서며 한꺼번에 웃음보를 터뜨렸다. 안채에서 잠을 자던 최 참판이 웃음소리에 잠을 깨서 무슨 일이냐고 물었다. 최 진사가 최 참판에게 그간 일어난 일을 자세히 아뢰었다. 그러자 최 참판은 껄껄 웃으며 밖으로 나와 직접 뜰로 나가더니 윤지경을 풀어

※ 양형(兩兄) — 최 참판의 아들인 최 한림과 최 진사 두 형제를 가리킨다.

주었다. 그는 다시 윤지경의 손을 잡고 안방으로 들어가 부인과 함께 앉아 물었다.

"자네, 언제부터 연화 방에 드나들었는가?"

"장인어른께서 끝내 제가 연화와 만나는 것을 허락하지 않으셨습니다. 저는 제 아내 연화가 그리워서 견딜 수가 없었습니다. 그래서 지난 8월부터 담을 넘어 드나들 생각을 하고, 날마다 다니게 되었습니다. 그러다 보니 저도 모르게 스스로를 억제하지 못하다가, 결국 오늘 이런 욕을 당했습니다. 이는 모두 저희의 결합을 허락하지 않으신 장인어른 탓입니다."

최 참판은 윤지경이 불쌍하고 가련하게 생각되어, 그의 등을 쓰다듬으며 말했다.

"자네 어찌 그리도 어리석은가? 옹주를 사랑하여 아이를 낳고 잘살아야 될 게 아닌가. 그렇게 세월이 흐른 후에 옹주를 잘 타일러 사정을 이해시키면, 자네 부친과 내가 주상 전하께 자네의 절박한 사연을 아뢸 수 있을 것이야. 주상 전하는 한 나라의 임금이신데, 안타까운 사연을 듣고 나면 우리 연화와 자네의 결합을 허락하시지 않겠나. 그때 가서 아름다운 모습으로 함께 늙어 간다면 얼마나 좋겠는가. 그런 생각은 하지 않고 옹주를 박대하여 박 귀인의 분노와 험담만 불러일으키고, 복성군을 미워하고, 밤이 되면 몰래 집을 빠져나와 날마다 우리 집 담이나 넘어 다니니, 옹주가 이 사실을 알면 재앙이 적지 않을 걸세. 그 결과를 어찌하려고 그러나?"

"저라고 왜 그런 생각을 못했겠습니까? 그렇지만 옹주는 천하에 둘도 없이 못생기고 흉악한 괴물입니다. 박 귀인은 간악하기 그지없는 사람이고, 복성군은 남 헐뜯기만 좋아하는 인간입니다. 홍명해와 홍상이 박 귀인과 뭔가 약속을 한 게 있는 것 같은데, 필시 남들이 모르는 음흉한 계략을 꾸미는 게 분명합니다. 옹주를 후히 대접하여 그 당파에 들어갔다가는, 우리 가문이 멸망하는 재앙을 면치 못할 겁니다. 연화를 사랑하고 옹주를 박대한다면 그 재앙은 몇 사람에게 영향을 미치겠지요. 장인어른과 저희 아버님은 크게 죄를 입어 봐야 유배를 당하실 것이고 작게는 관직이 박탈되는 정도일 것입니다. 저는 기껏해야 귀양살이밖에 더 하겠습니까? 싫은 일을 억지로 하고 그릇된 것을 어떻게 견디겠습니까? 집안이 완전히 망하는 것보다는 차라리 몇 사람만 잠시 고생하는 게 좋다고 생각합니다."

윤지경의 말에 일리가 있는지라, 최 참판은 아무 대꾸도 하지 못했다. 한동안 생각에 잠겨 있던 최 참판은 더 이상 아무 말도 하지 않고, 밤이 깊었다며 윤지경을 집으로 돌려보냈다.

신이 가슴에 품었던 생각을
아뢰겠나이다

그 일이 있은 이후 윤지경은 공공연히 밤낮으로 최 참판 댁을 찾아가니, 최 참판과 연화는 민망하였지만 어쩔 도리가 없었다. 윤현 역시 아들이 최 참판 댁을 무시로 드나든다는 사실을 알고, 윤지경을 불러 엄하게 꾸짖고 옹주궁을 떠나지 못하게 했다. 그러나 살아 있는 사람을 묶어 둘 수도 없는 노릇이었다.

아무리 남의 눈을 피해서 다닌다고는 하지만, 옹주를 끝까지 속일 수는 없었다. 윤지경이 매일 연화를 만나러 다닌다는 소문은 결국 연성옹주의 귀에 들어갔다. 하루는 윤지경이 집에 들어갔는데, 연성옹주가 잠깐 이야기를 하자고 하였다.

"제가 비록 못난 여자지만 임금의 딸이요, 정식 혼례를 치른 부마의 아내입니다. 부마께서는 저를 너무 심하게 업신여기시는군요. 최씨 가문의 여자에게 미혹되신 탓입니다. 태부라도 두 정실 부인을 두는 법이 없거늘, 어찌 부마에게 두 아내가 있을 수 있겠습니까? 최홍일은 어떤 사람이기에 부마에게 딸을 재취(再娶)로 주어 주상 전하와 저를 이토록 업신여기는 것입니까?"

옹주의 말을 듣자 윤지경은 정색을 하고 대답했다.

"내가 해야 할 말을 옹주가 하시는구려. 이 나라에 총각이 가득하거늘, 박 귀인은 대체 어떤 분이시기에 이미 아내를 얻은 사람에게 조강지처(糟糠之妻)를 버리게 하고 부귀를 탐하여 옹주와 즐겁게 지내라고 하는 거요? 옹주가 만일 최씨를 불러서 한 집에서 화목하게 지내기를 아황과 여영처럼 할 수만 있다면 내가 어찌 이런 행동을 하겠소? 그대가 최씨와 잘 지낸다면 함께 공경하고 화락한 삶을 누리겠지만, 시기하고 질투한다면 박명한 신세를 면치 못할 것이오."

"당초에 그대가 조강지처를 얻었는지 아닌지를 깊은 궁에 거처하던 제가 어떻게 알 수 있겠습니까? 주상 전하의 명령으로 부마의 아내가 되었을 뿐입니다. 그렇게 혼례를 치른 지 한 해가 지났지만 저를 너무 천대하십니다. 저의 앞날이 뻔히 보이니, 어찌 원통하고 한스럽지 않겠

※ **태부(太夫)** — 벼슬에 종사하는 사대부(士大夫)를 지칭하는 말.
※ **아황(娥皇)과 여영(女英)** — 두 사람은 자매지간이었는데, 모두 순임금에게 시집을 가서도 서로 질투하지 않고 화목하게 지냈다.
※ **박명(薄命)** — 복이 없고 팔자가 사나움.

습니까?"

윤지경이 웃으며 말했다.

"평범한 사람 입장에서 옹주와 부부가 되었으니 매우 공경해야 하겠지요. 나는 옹주를 심히 공경하여 하루에 두어 번씩 처소에 들어가 그대와 마주 앉지만 편하게 하지 않고 꿇어앉으니, 어떻게 이보다 더 공경하란 말이오? 주상 전하께서는 원래 현명하시니 나더러 잘못했다고 하시지는 않을 것이외다. 박 귀인 같은 간악한 후궁이야 두려워하지 않으리니, 아내 사랑하는 오묘한 이치를 배워서 가르치시지요."

말을 마치자 윤지경은 크게 웃으며 소매를 떨치고 밖으로 나갔다. 옹주는 하루 종일 울더니, 궁궐로 들어가 박 귀인에게 일일이 하소연하면서 서러워하였다. 박 귀인은 크게 노하여 즉시 임금에게 이런 사정을 자세히 고하면서 이렇게 아뢰었다.

"최씨를 없애고 부마에게 벌을 내리소서."

임금은 윤지경을 불러서 꾸짖으며 말했다.

"네 아내는 옹주이면서 정실이니, 네가 지켜야 할 도리가 정말 무겁다. 또한 옹주는 일반 백성의 자손과는 달리 귀하게 자랐다. 최씨에게 주었던 폐백은 돌려받았으니, 최연화는 너와는 아무런 관계가 없는 여자다. 혼인을 물리라고 내가 명을 내렸는데도 감히 거역하고 오가면서 관계를 맺다니, 어찌하여 왕명을 어기는 것이냐? 게다가 너의 장모를 간악

※ 정실(正室) — 아내를 첩에 상대하여 이르는 말.

하다고 자주 비방했다는데, 무슨 근거로 그런 말을 하느냐? 장인과 장모도 부모와 다를 바 없거늘, 어버이를 비방하는 자식이 어디 있단 말이냐?"

윤지경은 머리를 조아려 사죄를 한 뒤 이렇게 아뢰었다.

"그렇게 말씀하시니 황공하여이다. 외람되오나 제 가슴에 품었던 생각을 자세히 아뢰겠습니다. 참판 최홍일과 저의 아비 윤현은 종매부(從妹夫) 사이로 어려서부터 형제처럼 정답게 지냈습니다. 그리하여 신은 최홍일을 아버지처럼 공경하고 최홍일 역시 신을 아들처럼 사랑해 주었습니다. 최홍일의 조강지처인 윤씨가 작고하고 후처 이씨가 들어와 연화를 낳았습니다. 성품이 총명하고 용모가 빼어나니, 최홍일이 신의 아비 윤현과 서로 혼약을 맺어 저희 두 사람을 결혼시키기로 하였사옵니다. 이 때문에 신은 최홍일의 사위가 되리라 생각했고 최연화 역시 신의 아내가 될 것이라고 생각했습니다.

그런데 지난해 봄, 신이 과거에 급제하고 혼례를 올리기 위해 처갓집으로 가서 혼인식을 올리고 있었는데 급작스럽게 주상 전하께서 부르시는 바람에 혼인식을 마치지 못하고 대궐로 들어와 하교를 받게 되었습니다. 하교하신 내용은 뜻밖에도 부마의 직위를 내리시고 연성옹주를 신에게 맡기신다는 것이었사옵니다. 이 일이 옹주 때문에 벌어진 것이 아니라는 사실을 신도 잘 알고 있사옵니다만, 사정이 너무도 억울하고 민망하게 된 것입니다. 최연화는 신과 서로 어려서부터 보아 왔기 때문에 정도 남달리 깊었지만, 상황이 이렇게 되어 억울하고도 외로운 마음을 연성옹주 때문에 그동안 어쩔 수 없이 참았습니다. 비록 최연화가 신분이 낮기는 하지만 원망스럽고 억울한 마음이 어찌 없겠사옵니까? 옹주와 결혼하여 잘 대접하고 최연화는 다른 곳으로 출가시키라고 하셨사오나, 어렸을 때부터 이미 맺은 언약이 깊은 데다 다 마치지는 못했지만 혼인식을 올린 마당에 어떻게 다른 곳으로 시집을 보내겠습니까? 최연화 또한 신을 떠나서 어디로 시집을 가겠습니까? 주상 전하의 지엄하신 분부 때문에 최홍일이 신을 일부러 거절하여 찾아오지 못하게 하였사오나, 최홍일을 속이고 몰래 그 집으로 들어가 잠을 자고 온 일이 있사옵니다. 연성옹주는 신에게 시집을 온 지 이제 한 해가 지난 터라 신의 애정과 뜻을 모를 뿐만 아니라, 질투를 하여 신을 매섭게 꾸짖다가 끝내 주상 전하께 하소연을 한 것이옵니다. 이 어찌 아녀자의 도리라 하겠사옵니까? 신은 결단코 최연화를 버리지 못하겠나이다. 이 같은 사정을 살피지 못하신다면 어찌 영명한 임금이라 하겠습니까? 한나라 광무제는 태평성대의 어질고 뛰어난 임금이었지만 송홍의 뜻을 빼앗지 않으셨고, 송나라 철종은 문범희를 끝내 사위로 삼지 못하여 공주가 목숨을 끊으려고 목을 매다는 것을 보고 공주를 문범희의 둘째 부인으로 출가시켰습니다.

또한 신이 박 귀인에 대해 아뢰자면 다음과 같습니다.

지금 박 귀인은 온갖 훼방을 놓으면서 온빙 최씨를 괴롭히고 있습니다. 온빙 최씨는 한낱 궁인(宮人)이 아니라 존귀한 신분의 여자요 아녀자로서의 덕을 잃은 적도 없는 분입니다. 그런데도 박 귀인은 온빙 최씨를 사사로이 시기하고 질투하여 전하께 아무 근거 없는 잘못을 아뢰어 결국 폐궁(廢宮) 당하게 하였습니다. 게다가 많은 일을 꾸미고 거짓말로 전하께 아뢰어 김송례를 순천으로 귀양 가게 하였습니다. 이 일은

신이 직접 들은 내용입니다. 온빙 최씨에게 설령 죄가 있다 하더라도 이는 전하께옵서 친히 불러 일의 전말을 들으셔야 하는 일이거늘, 박 귀인을 지나치게 총애하시어 그 말만 믿고 온빙 최씨를 폐비(廢妃)가 되도록 만드셨습니다. 이는 전하께서 밝은 덕이 없으셔서 그런 것이 아니라 주변 사람들의 거짓말 때문이었습니다. 그런데도 전하께서는 그들의 말이 거짓이라는 것을 깨닫지 못하시고 여러 차례 그 말을 들으셨으니,

송나라 효종이 해자를 죽였던 일과 똑같은 일을 하시는 격이 아니겠습니까?"

임금이 윤지경의 말을 듣고 한참 생각에 잠겼다가 슬며시 웃으며 말했다.

"너는 어찌 복성군을 어리석고 함부로 행동한다고 하였느냐?"

윤지경이 대답하였다.

"복성군은 마땅히 궁중의 사람들과 백성들에게 본이 되어야 할 분이신데, 여색을 밝히고 술이나 마시면서 장기와 바둑으로 세월을 보냅니다. 또한 나랏일에 관여하지 않고 재물과 비단에 욕심이나 내는 사람들을 멀리하며, 왕실의 여러 친척들을 사랑하는 것이 올바른 행실일 것입니다. 그러나 복성군은 큰 집을 짓고 조정 밖의 명사들을 사귀고 있습니다. 언젠가는 글을 잘한다고 소문이 난 선비를 모두 불러다가, 제목을 걸고 세자와 함께 표문(表文)을 지어 홍문관에서 가지고 놀았습니다. 그러다가 세자의 글은 삼중을 하고 대군의 글은 이하를 하니, 크게 기뻐하면서 세자의 등수를 높여 주었습니다. 그러고는 만나는 사람마다 자기가 세자의 등수를 높여 주었노라고 말을 했습니다. 어찌 외람되지 않겠습니까?"

임금이 웃으며 말했다.

"글의 등수를 높여 주고, 자기가 높여 주었노라고 말을 하는 게 무슨 문제란 말이냐?"

그 말에 윤지경이 대답하였다.

"지금 홍문제학(弘文提學) 서양전의 글 솜씨가 전하보다 뛰어난데, 제

스스로 자신의 글 솜씨가 전하보다 훌륭하다고 자랑한다면 전하의 마음이 어떠하시겠습니까? 비록 나이 어리시나 앞으로 왕위를 이을 분인 세자를 놀리고 장난치면서 농담하기를 마치 아우같이 하니, 어찌 버릇없는 짓이 아니겠습니까?"

임금이 탄식하며 말했다.

"경(卿)은 나이가 어리지만 생각이 깊고 높아서 급암의 올곧은 풍모를 그대로 지니고 있구나. 그러나 연성옹주는 내 딸이다. 다른 마음을 먹지도 말고 박대하지도 말라."

윤지경의 말을 듣고 난 임금은 즉시 복성군을 불러서 크게 꾸짖은 뒤, 폐궁에 거처하던 온빈 최씨를 다시 궁궐 안에 있는 성의궁에 거처하도록 허락하였고, 아울러 김송례의 귀양도 풀어 주었다.

※ 삼중(三中) ~ 이하(二下) — 글의 등급을 표시할 때 1, 2, 3을 각각 상, 중, 하로 나누어 모두 아홉 등급으로 성적을 매긴다. 삼중은 8등에, 이하는 6등에 해당한다.
※ 급암(及黯) — 한(漢)나라 무제(武帝) 때의 관리. 청렴결백하여 조금도 부정한 짓을 저지르지 않았으며, 황제에게 잘못이 있으면 직설적인 말로 잘못을 고치도록 하였다.

조선의 왕녀를 만나다

공주와 옹주들은 궁궐에서 엄격한 예절과 법도를 배웠다 해도 금지옥엽으로 자라

대부분 자존심도 세고 매우 자기중심적이었다고 합니다. 한 나라의 왕녀라는 고귀한

신분이지만 한편으로는 비극적이기도 한 삶을 살았던 조선의 공주와 옹주들을 한번 만나 볼까요?

나를 죽이려 한 그가 귀양 가는데, 내가 왜 눈물을 흘리겠소?

예종과 안순왕후의 딸인 현숙공주는 풍천위 임광재에게 시집을 갔는데, 둘은 처음부터
사이가 좋지 않았습니다. 그러던 중 풍천위가 여종을 범하는 일을 저질렀는데, 현숙공주가
왕에게 빌어 사건이 겨우 무마되었지요. 하지만 풍천위는 오히려 현숙공주가 아들을 낳지
못한다며 첩을 들이려다 결국 현숙공주의 분노를 사게 되었습니다. 현숙공주는
안순왕후를 찾아가 풍천위의 사주를 받은 자들이 자신을 독살하려 했다고 하소연했고,
왕실은 발칵 뒤집혀 의금부에서 40여 명의 용의자를 잡아다가 국문(鞠問)했습니다.
그중 10여 명이 목숨을 잃었지만, 사건의 진위는 밝혀지지 않은 채 풍천위는
귀양을 갔고, 현숙공주도 쓸쓸히 생을 마감했습니다.

• 현숙공주

세상 모든 게 다 부질없으니, 중생을 위해 부처님께 빌며 살겠소.

경순공주는 태조 이성계가 두 번째 부인 신덕왕후에게 얻은 딸입니다.
태조 이성계는 신덕왕후를 매우 사랑했기에, 경순공주에 대한 사랑도 지극
했습니다. 왕자의 난으로 신덕왕후 소생 왕자들이 모두 살해되고 경순공주의 남편
까지도 죽임을 당하자 이성계는 공주의 목숨을 구하기 위해 출가할 것을 권했고,
오빠들과 남편의 죽음을 눈앞에서 본 경순공주는 동대문 밖 청룡사로 출가해
삭발을 하고 비구니가 되었지요.

• 경순공주

무너진 조선의 운명은 고스란히 나의 운명이었습니다.

1912년 고종과 후궁 복녕당 양 귀인 사이에서 늦둥이로 태어난 덕혜옹주는
고종의 지극한 사랑을 받았지만, 식민지 나라의 왕녀였던 탓에 열네 살에 강제로
일본으로 유학을 가게 됩니다. 이후 가족들의 죽음을 연이어 겪은 덕혜옹주는 독살의
공포와 일제의 감시에 시달리다 몽유병 증세를 보여, 정신병 치료를 받았습니다.
1931년에는 일본의 강요로 쓰시마 섬 도주 집안의 다케유키와 결혼하여 딸 마사에를
낳았습니다. 이 결혼으로 조선의 백성들까지 덕혜옹주에게 등을 돌렸고,
덕혜옹주는 더욱 고립된 삶을 살게 되지요. 일본의 패전 후 병세가 더욱
심해진 덕혜옹주는 1953년 이혼당하고 10년간 정신병원에 버려졌으며 딸
마사에마저 자살하고 말았습니다. 1962년에 한국으로 돌아왔으나
귀국 20년만인 1982년이 되어서야 호적이 만들어졌고, 실어증과 지병으로
고생하다 1989년 4월 세상을 떠났습니다.

• 덕혜옹주

남편이 없는 내 삶은 하루도 의미가 없었습니다.

영조의 둘째 딸로 성품이 어질고 정숙했던 화순옹주는 월성위 김한신에게
시집을 갔는데, 금실이 매우 좋았습니다. 월성위가 먼저 죽자, 화순옹주는 그날부터
곡기를 끊고 물 한 방울 마시지 않으면서 열이레나 단식한 끝에 결국 남편을 따라
죽고 말았습니다. 신하들이 화순옹주를 위해 열녀문을 세우자고 했지만 영조가 노발대발하
며 끝내 열녀문을 세우지 않았습니다. 절개 높은 여인을 칭찬하고 상을 내리던 왕도 막상 자
신의 딸이 남편을 따라 죽자 마음이 아팠나 봅니다. 후에 정조가 화순옹주의
정절을 기리며, 김한신의 증손인 추사 김정희의 집에
열녀문을 세웠습니다.

• 화순옹주

거짓 장례가
깊은 인연을 갈라놓고

　일이 이렇게 되자 박 귀인은 크게 분노하여 윤지경을 불러 마구 질책하였다.

　"네가 어찌 내 딸을 박대하고, 내 잘못을 엉터리로 만들어 내어 주상께 아뢰었느냐? 게다가 복성군을 막다른 골목으로 몰아넣었더구나. 네가 우리 모자를 옭아맨 뒤에 최씨 계집과 함께 즐길 계책을 부리는 게 아니냐?"

　이에 윤지경이 꿇어앉아 사죄하니, 이를 본 임금이 오히려 박 귀인을 꾸짖으며 물리쳤다.

　윤지경은 임금의 은혜에 사례하고 물러났으나 연성옹주를 박대하는 태도는 조금도 달라진 것이 없었다. 궁궐에서 나오자마자 그는 연화에게 갔다. 이를 안 박 귀인은 울고불고하면서 다시 임금에게 달려가 아뢰었다.

"주상께서 윤지경의 거짓말과 입에 발린 소리를 믿으시고 모든 것을 용서해 주시니, 더더욱 득의만만하여 연성옹주를 박대하고 최씨 여자 집에 가서 박혀 있사옵니다. 차라리 연성옹주를 죽여서 이런 서러움을 겪지 않게 해 주옵소서."

임금이 웃으며 윤현에게 편지하여 연성옹주의 괴로운 마음을 위로해 주도록 하였다. 아울러 최 참판에게도 하교를 내렸다.

"당초에 네 딸을 다른 곳으로 시집보내지 못하였으나, 방자하게도 이제까지 윤지경에게 맡겨 둔다는 것은 외람되도다. 이후로 이 같은 일이 또 생긴다면 그 죄를 그대에게 묻겠노라."

최 참판은 황송해 하면서 사죄하였고, 윤현은 윤지경을 불러 꾸짖은 뒤에 옹주궁으로 보냈다. 그리고 그것도 미덥지 못하여 사람을 보내 윤지경이 다른 곳으로 가지 못하도록 지키게 하였다.

하지만 옹주궁을 밤낮으로 지킨다 한들 언제까지 그럴 수 있을지 의문이었다. 윤지경이 연화와 계속 만나다가는 두 집안이 모두 큰 화를 입을 게 분명했다.

그때 최 참판이 계책 하나를 생각해 냈다. 그는 윤현에게 연화가 큰 병에 걸려서 잘 낫지 않는다고 알렸다. 여러 날이 지난 뒤 다시 윤현에게 병이 위독하다고 알렸다. 이 소식을 들은 윤지경은 너무도 놀라 최 참판 댁으로 한달음에 달려갔다. 그러나 최 참판은 윤지경을 보고 크게 꾸짖었다.

"주상 전하의 하교가 엄한 마당에, 자네가 또 우리 집으로 와서 나와 내 딸을 죽이려는 속셈인가? 내 딸이 병들어 죽든 말든 자네가 알 바 아닐세!"

최 참판은 윤지경을 밖으로 밀어낸 뒤 대문을 닫아 버렸다. 밖으로 쫓겨난 윤지경은 어찌할 바를 모르고 서성거리다가, 마침 연화의 오빠 인 최 한림의 딸을 만났다.

"연화 아가씨의 병세가 어떠하시냐?"

"고모님의 병이 너무도 위중합니다. 음식을 못 드시는 것은 물론이고, 눈도 뜨지 못하고 계시지요."

그 말을 들으니 윤지경은 더욱 걱정이 되기도 하고 한편으로는 매우 서러웠다. 몰래 연화의 병세를 살펴보고 싶어도, 최 참판이 거처하는 정당에 누워 있다고 하니 들어갈 방도를 낼 수가 없었다. 집으로 돌아 온 윤지경은 즉시 편지를 써서 보냈지만 답장도 전혀 없었다. 그리움과 괴로움으로 밤낮 고민하느라 잠도 이루지 못했다. 하루는 윤현이 윤지 경에게 말했다.

"오늘 내가 최 참판 댁 따님의 병세를 보고 왔다. 그런데 너 때문에 신 세가 참담하게 된 것을 슬퍼하여 병이 났더구나. 아무래도 살기 어려울 듯싶더라. 이렇게 불쌍한 일이 또 어디 있겠느냐."

윤지경은 아무 말도 못하고 물러났다.

그렇게 답답하고 안타까워 괴로운 심정으로 며칠을 보내던 중, 갑자기 연화가 죽었다는 소식이 전해졌다. 그 소식을 듣고 집안사람 모두가 울 며 슬퍼하였다. 윤지경은 목 놓아 통곡하다가 엎어져 기절까지 하였다.

얼마 뒤 깨어나 말을 타고 최 참판 댁으로 달려갔다. 최 참판은 하인들에게 윤현 가족의 문상을 받아들이되 윤지경만은 집 안에 들이지 못하도록 엄히 명령하였다. 하인들은 윤지경을 문밖으로 밀어낸 뒤 문을 닫았다.

"주인 어르신께서 혼인하지 않으려는 저희 아가씨를 억지로 도련님과 혼인을 시키는 바람에 결국 돌아가시게 했다면서, 도련님을 집에 들이지 말라고 하셨습니다."

윤지경은 이 말을 듣고 어처구니가 없어, 노한 마음까지 들었다.

'내가 아무리 미워도, 일이 이렇게 되었는데 어찌하여 이토록 마음을 좁게 쓰신단 말인가.'

그는 최 참판 댁 주변을 돌면서 백방으로 들어갈 방도를 찾았다. 집 안에서는 곡소리가 낭자하게 들려왔다. 그 소리에 또 눈물을 펑펑 쏟으면서 하인들이 기거하는 하인청 부근에서 서성거릴 뿐이었다. 이튿날 다시 최 참판 댁으로 갔지만 하인들이 집 안으로 들이지 말라는 분부가 있었다며 윤지경 앞을 막아서는 통에, 어쩔 도리 없이 헐소청에서 조문을 하였다. 그는 집으로 돌아와 집안 어른들을 뵙고, 최 참판 댁에서 자신만을 들이지 않는 게 너무도 괴이하다고 말씀드렸다. 윤현이 대답하였다.

※ 정당(正堂) ― 한 구획에 지은 여러 채의 집 가운데 가장 주된 집채.
※ 헐소청(歇所廳) ― 높은 벼슬아치의 집에 찾아온 손님이 잠깐 쉬었다 갈 수 있도록 마련해 둔 방.

"나와 네 형제들의 조문은 받으면서 너를 굳이 들이지 않은 것은, 이번 장례식에 조정의 고관대작들이 많이 모였기 때문이다. 주상 전하의 명이 있었으니, 너를 거절한다는 것을 여러 사람에게 분명히 보이기 위해서 그런 것이다."

"그렇다 해도 너무 과도한 처사입니다. 이미 연화 소저가 죽은 뒤인데,

무슨 시빗거리가 된다고 그렇게 한단 말입니까? 최 공(崔公)의 강직한 성품이 단점이 될 지경이었는데, 이번 일은 마음먹고 일부러 보인 행동 같아서 실망스럽고 서운합니다."

윤지경은 너무도 속상하고 가슴이 아파 그만 앓아눕고 말았다. 며칠 뒤 병이 조금 차도가 있어서, 자리를 털고 일어나 최 참판 댁으로 갔다. 그런데 웬일로 그날은 막지 않고 집 안으로 들이는 것이었다. 그는 달려가 연화의 관을 부여잡고 대성통곡을 하다가 기운이 빠져 또 기절하였다. 연화의 어머니와 오빠 최 한림이 나와서 구완하고 진정시켜 겨우 정신을 차렸다. 윤지경은 그들에게 참담한 심정과 슬픈 마음을 전하며 이야기를 나누다가 집으로 돌아갔다.

이 일이 있은 뒤부터 윤지경은 더욱 심하게 연성옹주를 박대하였다. 연성옹주와 박 귀인은 연화가 죽었다는 소식을 듣고 매우 기뻐하였다. 한편 임금은 연화의 죽음이 병 때문인 줄로만 알고, 최 참판을 불러 예전에 지나치게 문책한 것을 뉘우치며 위로의 말을 건넸다. 최 참판은 차마 임금까지 속일 수가 없어서, 윤지경을 연화에게서 떼어 놓기 위해 거짓으로 죽은 척하고 있다는 점을 넌지시 아뢰었다. 사정을 알게 된 임금은 기뻐하며 박 귀인에게도 몰래 전후 사정을 전해 주었다.

시간이 흘러, 드디어 연화를 땅에 묻어 장례를 끝내야 하는 날이 되었다. 윤지경은 비통한 마음으로 연화를 자신의 집 선산에 묻고 싶은 뜻을 내비쳤다. 그녀가 죽었어도 여전히 아내로 생각하겠다는 의지를 드러낸 것이다. 윤지경의 이 말에 최 참판은 이렇게 대답했다.

"이미 나라에서 자네와 내 딸 연화와의 혼인을 없던 일로 처리하였는데, 어찌하여 자네 집 선산에 묻겠는가. 부질없이 마음 쓰지 말게나."

윤지경은 날이 갈수록 연화의 죽음을 더욱 서러워하였다. 또한 연성 옹주에 대한 박대는 더욱 심해져서 이루 말할 수 없을 정도였다.

어느덧 여름이 왔다. 연화의 소기가 되자 윤지경의 마음은 더욱 비감해졌다. 그는 조카들에게 글도 가르치고 책을 읽으며 시간을 보냈다. 어쩌다 궁궐에 번을 서는 날이 되어 들어가면 세자의 스승으로 글을 가르치기도 하였다. 두 사람은 서로 공경하고 아끼는 마음으로 글을 가르치고 배웠다. 한편 박 귀인은 여전히 윤지경을 미워하여 만나지 않으려 하였고, 윤지경 역시 직접 찾아가 만나는 일이 없었다.

※ 소기(小忌) ─ 소기(小朞), 소상(小祥)이라고도 한다. 죽은 지 만 1년이 되는 날에 올리는 제사를 말한다.
※ 번(番) ─ 차례로 숙직이나 당직을 하는 일.

죽은 사람이 간 곳을 네가 어찌 아느냐

세월은 흘러, 어느덧 연화의 삼상이 지났다. 윤지경은 슬픔과 그리움을 이기지 못하고 이곳저곳을 서성거리다가, 자기도 모르게 최 참판 댁으로 발걸음을 옮겨 연화가 거처하던 침소 밖에 이르렀다.

"자취는 옛날과 같건만 사람이 없으니 이 서러움을 어찌 견디겠는가."

혼잣말로 중얼거리며 연화와 함께 지냈던 일들을 이렇게 저렇게 생각하다 보니 더욱 비감해져 마음을 진정할 수 없었다. 어느새 눈물이 흘러 소매를 적셨다. 연성옹주는 날이 갈수록 싫어지고 연화는 세월이 흐를수록 잊을 길이 없으니, 이제 스물 넘은 사내가 평생 홀몸으로 어찌 살아갈 것인가. 자기도 모르게 비탄에 잠겨 한숨만 쉬고 있는데, 집에서 웬 아이 하나가 나왔다. 연화의 오빠인 최 진사의 아들인데, 이름은 선중이고 열 살이었다. 그는 집 주위를 서성거리는 윤지경을 따라다니다가 물었다.

"숙부께서는 어찌하여 이토록 우시는 건가요?"

윤지경이 대답하였다.

"네 고모를 생각하니 이렇게 눈물이 나는구나."

그러자 선중이 살짝 웃으며 말했다.

"고운 부채와 붓과 먹을 주신다면 고모님 계신 곳을 가르쳐 드릴게요."

윤지경이 깜짝 놀라 말했다.

"이미 죽은 사람이 간 곳을 네가 어찌 안단 말이냐?"

"할아버지께서 숙부님이 매양 고모님을 만나신다면서 고모님을 다른 곳에 감추셨지요."

※ **삼상(三喪)** — 초상(初喪), 소상(小喪), 대상(大喪)을 통틀어 이르는 말.

이 말을 듣고 윤지경은 마음 가득 흘러넘치는 기쁨을 감출 길이 없었다. 그는 즉시 집으로 하인을 보내 부채와 붓, 먹을 가져오도록 하고, 이리저리 좋은 말로 선중을 달래며 연화가 있는 곳을 물었다.

"저를 따라오세요."

선중은 얼른 앞장을 섰다. 동산을 넘어 가니, 큰 집이 하나 나왔다. 대문은 잠긴 채였다. 담을 따라 돌아가서 동산 쪽 옆문으로 들어갔다. 때마침 연화는 계집종들에게 바느질을 시켜 놓고 그 모습을 지켜보고 있는 중이었다. 윤지경은 반가움과 슬픔으로 터질 듯한 마음을 더 참지 못하고 집으로 뛰어들어가 연화를 잡고 말했다.

"이게 웬일이오? 당명황의 봉래산 꿈이오? 아니면 초양왕의 무산 구름이오?"

연화 역시 놀라 아무 말도 못하고 눈물만 한없이 흘렸다. 종들도 이 광경을 보고 모두 슬퍼하였다. 윤지경은 선중에게 이 일을 절대 집에 알리지 말라고 당부하였다. 선중은 어른들이 알면 자신이 크게 야단맞을 것이라 두려워하여, 오히려 윤지경에게 말하지 말라고 당부하는 것이었다.

※ 당명황(唐明皇)의 봉래산(蓬萊山) 꿈 — 당나라 현종이 신선 세계를 상징하는 봉래산에 올라 죽은 양귀비를 다시 만나는 꿈을 꾸었던 일을 가리키는 고사에서 나온 말이다.
※ 초양왕(楚襄王)의 무산(巫山) 구름 — 초양왕이 꿈속에서 무산의 선녀를 만나 하룻밤을 같이 지냈는데 선녀가 헤어지면서 "저는 아침에는 구름이 되고 저녁이면 비가 됩니다."라고 했다는 고사에서 나온 말이다.

윤지경은 3년 동안 죽은 줄만 알았던 부인을 다시 만났으니, 그 자리를 떠날 수 없었다. 그는 집안 종들에게 신신당부하였다.

"내가 양가 부모님의 눈을 피해 몰래 왔네. 양쪽 집안에서 종들이 오기라도 하면 내가 피할 수 있게 꼭 알려 주시게나."

다시 만난 두 사람은 사랑하는 마음이 예전보다 몇 배나 더하였다. 그들은 같은 방에 거처하면서 잠시도 떨어지지 않았다.

여러 날이 지났다. 매일 슬픈 표정으로 다니던 아들이 보이지 않았지만 윤현은 대수롭게 여기지 않았다. 연화의 삼상이 지났으니 마음이 진정되지 않아서 아마도 천계산에 있는 원당에 갔는가 생각할 뿐이었다. 연성옹주는 평소에도 윤지경이 어디로 간들 찾는 일이 없을 만큼 앙숙이라 며칠씩 보이지 않아도 마음에 두지 않았다. 그런데 조회에 참석해야 할 윤지경이 계속 보이지 않자 임금은 이를 이상하게 여겨 그가 간 곳을 수소문해 보도록 하였다. 사람을 시켜 친구 집이나 천계산의 절에 가 보게 하였지만 그의 자취는 없었다. 여러 군데를 샅샅이 뒤지다가 보니, 문득 윤지경이 타던 말이 눈에 띄었다. 혹시나 하는 마음에 연화가 거처하던 최 참판 댁 침소에도 가 보았지만, 윤지경은 그곳에도 없었다.

아무리 찾아도 윤지경의 종적을 발견하지 못한 채 여러 날이 지났다. 조정에서는 모두 윤지경의 속마음이 사납고 어지러운 나머지 미쳐서 어디론가 달아난 것이리라 추정하기에 이르렀다. 임금은 너무도 놀라서 밤낮으로 고민하였다.

한편, 윤현은 아들을 찾던 중에 무언가 수상쩍은 생각이 들었다. 영리한 하인 한 사람을 시켜 연화의 비밀 침소로 갑작스럽게 들어가도록 했더니, 과연 윤지경은 그곳에서 연화와 함께 지내고 있었다. 예고 없이 불시에 들이닥친 터라 윤지경은 미처 피신할 틈을 얻지 못했다. 하인은 사실 그대로 윤현에게 고하였고, 윤현은 다시 그 일을 임금에게 아뢰었다. 임금은 어이가 없어서 웃기만 하다가 환관 김송환을 윤지경에게 보내 죄상을 밝히도록 하였다.

때는 6월이었다. 윤지경은 대청마루 가운데에 대나무 껍질로 만든 자리 위를 깔아 놓고 안석을 베고 비스듬히 누워, 연화를 옆에 앉히고 발을 벗은 채 책을 읽고 있었다. 그때 계집종이 들어와 궁궐에서 사신이 왔노라 전갈을 하였다. 윤지경은 연화를 옆에 앉힌 채 사신을 들어오게 하였다. 환관 김송환이 들어왔지만 윤지경은 머리만 들어 바라보았다.

"네가 어찌 왔느냐?"

"부마께서 종적을 감추신 지 20여 일이 지났습니다. 주상 전하께서 심히 놀라시어 수라도 들지 못하시고 지내셨습니다. 오늘에야 부마께서 이곳에 계시다는 사실을 아시고, 노하시어 소인을 시켜 불러오라 이르셨습니다."

※ 원당(願堂) ─ 소원을 빌기 위해 세운 집.
※ 환관(宦官) ─ 궁중에서 임금의 시중을 들거나 숙직 따위의 일을 맡아보던 남자를 이르던 말. 내시(內侍)라고도 했다.
※ 안석(案席) ─ 벽에 세워 놓고 앉을 때 몸을 기대는 방석.

윤지경은 여전히 비스듬히 누운 채 말을 했다.

"주상 전하께서는 참으로 부질없는 일에 부지런을 떠시는구나. 신하가 아내와 함께 있는 것이 못마땅해서 불러오라고 사람을 보내시다니. 아내를 사랑한다는 죄목으로 잡혀간 관리가 그동안 몇 명이나 있었더냐?"

김송환이 어이가 없어 웃으며 말했다.

"부마께서 옹주를 박대하시고 최 부인에게 홀려 어른들께 문안을 올리지 못한 지 한 달이 가깝습니다. 또한 그저께는 박 귀인 마마의 생신이었는데 사위로서 잔치에 불참한 죄를 물으라고 하시었습니다."

그 말에 윤지경이 몸을 벌떡 일으켜 앉더니 소리를 질렀다.

"혼군이 요사스러운 첩에게 빠져서, 그 여자가 소인들과 합세하여 흉계를 꾸미는 것을 깨닫지 못하시는구나. 어진 신하와 훌륭한 재목을 살해하고 천하에 못생긴 괴물 같은 첩의 딸을 위하여 이토록 나를 괴롭게 하신단 말이냐! 간사하고 사악한 첩의 생일이 무슨 대수라고 그리 대단하게 구시더냐! 신하를 부르신다면 내가 가려니와, 박 귀인의 생일 잔치에 불참한 죄와 연성옹주를 박대한다는 죄 때문에 나를 부르신다면 가지 아니하리라!"

벼락 치듯 소리를 지르던 윤지경은 언제 그랬냐는 듯, 다시 웃음을 짓더니 김송환에게 물었다.

※ 혼군(昏君) — 어리석어 사리에 밝지 못한 임금.

"내 아내가 고우냐?"

윤지경은 연화를 안고 그녀의 붉은 입술에 입을 맞추는 것이었다. 그러고는 웃으면서 다시 벌렁 드러누워 책을 읽다가 말하였다.

"부인, 김 영웅에게 술과 음식을 대접하시오."

그 광경을 보던 김송환은 더욱 어이가 없었다. 그저 막막하게 머리를 조아리고 서 있다가 무심코 고개를 들어 연화의 얼굴을 보았다. 참으로 뛰어나게 고운 여인이었다.

'저리도 고우니 부마께서 어찌 최 부인을 잊고 옹주와 즐겁고 화목하게 지낼 수 있으랴.'

김송환은 자기도 모르게 이런 생각을 하면서 마음속으로 한탄을 하는 것이었다. 술과 음식을 먹은 김송환은 하직 인사를 하면서 말하였다.

"돌아가서 무엇이라 아뢰오리까?"

윤지경은 자신이 하는 말을 하나도 빼먹지 말고 그대로 아뢰라고 하며, 기지개를 켜더니 웃으면서 말했다.

"황소 열 마리가 와서 끌고 가려 해도 나를 못 데려갈 것이야."

윤지경은 잠시 주변을 돌아보다가 말을 이었다.

"요즘 남곤, 심정 등이 조광조, 이군빈 등 30여 명을 모함하려고 홍상, 복성군 등과 모의하여 궁중 후원의 나뭇잎에 조광조, 이군빈 등이 모반을 꾀한다는 내용을 꿀로 썼다고 하더구나. 달콤한 꿀이 발린 부분을 벌레들이 갉아먹으니, 나뭇잎에 그들이 모반을 꾀한다는 내용의 글자가 새겨졌겠지. 그 나뭇잎을 일부러 땅에 떨군 뒤 박 귀인에게 주어 주상 전하께 전달하였다. 전하께서 놀라신 틈을 타 박 귀인과 복성군, 홍상이 안에서 정세를 뒤흔들고 밖에서는 남곤과 심정 등이 역적모의와 관련된 변고를 고발하여 조광조 등 30여 명을 잡아내어 죽였다. 원통하고 불쌍하기가 이루 다 말할 수 없지만, 내 힘이 모자라서 그분들을 구하지 못하였다. 참으로 분하고 한스럽구나."

※김 영웅 ― 환관 김송환을 높여서 장난스럽게 부른 말.

나뭇잎에 꿀로 글자를 쓰다

소설 속 역사 이야기 ❶
〈기묘사화〉

『윤지경전』은 조선 시대 중종 때 실제로 일어난 기묘사화를 배경으로 하고 있습니다. 윤지경은 특히 기묘사화의 부당함을 주장해 왕의 미움을 사기도 하고, 이후에도 이 사건에 연루된 사람들의 명예 회복을 위해 많은 노력을 합니다. 기묘사화로 인해 개혁을 부르짖던 올곧은 선비들이 많이 죽었기 때문에 당시 혈기왕성한 젊은 선비들은 크게 분노했고 이는 윤지경도 마찬가지였겠지요.

● 선비들이 재앙을 당하다

기묘사화를 다룬 책 『기묘제현전』

조선을 건국하는 데 큰 공을 세우고 개국 초기부터 권력을 잡고 나라의 기반을 다졌던 훈구파 관료들은 시간이 지날수록 자신들의 권력과 이익을 위해 일하는 특권층이 되어 갔습니다. 성종 때부터 과거를 통해 개혁의 뜻을 가진 젊은 선비들이 새로운 관료로 등용되기 시작했는데, 이들을 사림파라고 불렀습니다. 훈구파와 사림파의 대립으로 일어난 것이 바로 사화(士禍)입니다. 사화란 선비들이 당한 재앙이라는 의미로, 개혁을 주장하던 많은 사림파 선비들이 죽거나 유배를 당했습니다. 15세기 말부터 16세기 중반까지 무오, 갑자, 기묘, 을사사화 등 크고 작은 대립이 끊이지 않았지만 사림파 선비들은 지방에 서원을 설립하고 꾸준히 후학을 양성해 결국 선조 때에 이르러 조선의 실권을 잡게 되었습니다.

조(趙)씨가 임금이 되리

조광조는 조선의 대표적인 개혁 정치가입니다. 훈구파 관료들의 부패와 비리를 고발하고 유교적 이상 사회를 꿈꾸며 급진적인 개혁 정치를 추구하다가, 훈구파의 거센 반발로 인해 결국 사약을 받았습니다. 이것이 중종 14년 (1519)에 일어난 기묘사화(己卯士禍)로, 조광조와 그를 지지하던 많은 선비들이 죽거나 귀양을 갔습니다. 훈구파 관료들은 조광조의 개혁 정치에 두려움을 느끼고 여러 가지 방법으로 그를 몰아낼 궁리를 하던 끝에, 궁중 나인들을 시켜 왕이 자주 가는 궁궐 후원의 나뭇잎에 꿀로 '주초위왕(走肖爲王)'이라는 글자를 쓰게 했다고 전해집니다. 벌레가 꿀이 묻은 부분을 갉아 먹자 궁궐의 나뭇잎마다 주초위왕 네 글자가 새겨졌지요. 이들은 '주(走)' 자와 '초(肖)' 자를 합하면 '조(趙)' 자가 되니 조씨인 조광조가 장차 왕이 될 야심을 품었다고 말함으로써, 조광조의 급진적인 개혁에 내심 불안함을 느끼던 왕을 부추겨 사화를 일으켰는데, 이것이 바로 기묘사화입니다.

▲ 조광조 초상화
▼ 조광조의 위패를 모신 심곡서원

기묘사화의 진실은 무엇인가?

기묘사화는 조광조를 비롯한 사림파가 세력을 넓혀 가는 것을 견제하려는 훈구파의 음모로 일어난 일이었습니다. 마치 하늘이 왕이 되고 싶어 하는 조광조의 남다른 야심을 알고 왕에게 경고하는 것처럼 일을 꾸민 것이지요. 우리나라는 예전부터 나라의 큰 재앙들은 하늘이 경고하고 백성들도 미리 예견한다는 믿음이 있었지요. 고려 말에도 백성들 사이에 '목자위왕(木子爲王)'이란 말이 크게 유행했는데, 이는 '목(木)' 자와 '자(子)' 자를 합하면 '이(李)' 자가 되니 이씨인 이성계가 새로운 나라의 왕이 된다는 뜻입니다. 훈구파 대신들도 벌레가 궁궐 후원 나뭇잎에 '주초위왕'이라는 글자를 새겼다는 소문을 퍼뜨려 민심을 흉흉하게 하는 고도의 심리전을 펼쳤던 것이었습니다.

죽었다가 만났건만
생이별이 웬 말이오

김송환이 대궐로 돌아가 보고 들은 바를 일일이 아뢰면서, 연화의 뛰어난 용모도 함께 고하였다. 마침 그 자리에 있던 윤현은 급히 아들을 대신하여 용서를 빌며 임금의 벌을 기다렸다. 그러나 임금의 분노는 극에 달하여 김송환에게 내수사 별패진 다섯 명과 대전별감 다섯 명을 데리고 가서 윤지경을 잡아 오라고 하였다. 김송환이 엄한 하교를 받고 즉시 최 참판 댁으로 갔다. 윤지경은 조금도 겁을 내지 않고 집에 가서 관복과 띠를 가져오게 하여 옷을 차려입었다. 윤지경은 관복에 팔을 꿰면서 김송환을 돌아보고 웃으며 말했다.

"내가 우리 옥 같은 아내와 20여 일을 함께 살았으니 아이가 생겼을 것이야. 이제 잡혀서 죽어도 대를 이을 수는 있겠지. 내가 죽으면 나의 신주를 옹주에게 맡기지 말라."

윤지경은 신발을 신고 나오다가 다시 들어가더니, 연화가 감고 있던 명주 실꾸리를 가져다 소매에 넣고 잡혀갔다.

임금은 윤지경을 보자 크게 노하여 사나운 소리로 꾸짖었다.

"저놈은 임금을 욕하고 옹주를 능멸했다. 게다가 임금과 아비를 속이고 도망한 놈이니 아무짝에도 쓸데가 없다. 끌어내어 죽여라!"

그러자 윤지경은 관복을 벗으면서 소매 안에 넣어 두었던 명주 실꾸리를 꺼내 옆에 있던 대전별감에게 건네주며 말했다.

"아내의 명주 실꾸리를 감아 주다가 잡혀 왔는데, 이게 소매에 들어 있었구나. 너는 이것을 아내에게 꼭 전해 주도록 하라."

임금은 그 광경을 보더니 피식 웃음을 흘렸고, 옆에 있던 세자 역시 크게 웃는 것이었다. 노기가 조금 가라앉은 임금이 다시 말했다.

"네가 나를 욕하였다는데 무엇 때문이냐? 바른 대로 고하라."

윤지경이 꿇어앉아 아뢰었다.

"바른 대로 아뢰겠나이다. 신은 주상 전하를 욕한 것이 아니라 바른말을 하였나이다."

"과인이 충성스러운 신하를 살해하고 소인을 사랑한다고 하였다는데,

※ 내수사(內需司) ― 조선 시대에 궁중에서 쓰는 쌀, 포목, 잡화, 노비 등에 관한 일을 맡아보던 관청.
※ 신주(神主) ― 죽은 사람의 이름을 적은 나무패.

누가 소인이며 누가 충신이냐? 또 요사스러운 첩에게 빠져 사리에 어두운 혼군이라고 하였다는데, 그것은 무슨 말이냐? 바른 대로 이르라. 내 딸 연성옹주를 못났다고 했다는데, 그럼 잘난 것은 누구냐?"

"지난해 사화에 죽은 조광조 등은 충성스럽고 훌륭한 신하지만, 남곤과 심정, 박 귀인, 홍명화 등은 소인입니다."

그러자 임금이 말했다.

"조광조 등이 역적모의를 한다고 해서 죽였거늘, 너는 어찌하여 그놈들을 편드는 것이냐?"

"주상께서는 그들이 역적모의를 하는 기미를 느끼셨습니까? 훗날 뉘우치시리니, 그 대신들이 남달리 슬기롭고 총명했다는 것을 알게 되실 것입니다."

"무슨 이유로 심정, 남곤 등을 가리켜 소인이라고 한 것이냐?"

"권력을 다투고 재주 있는 사람을 미워해, 군자를 잡아들이려 사화를 일으켰기 때문입니다. 달콤한 말로 전하의 눈과 귀를 어둡게 하고, 이런 계교를 꾸미고 있으니 그들이 어찌 소인이 아니겠사옵니까?"

남곤, 심정 등이 그 자리에 서서 윤지경의 이 같은 말을 듣다가 밖으로 몰래 달아났다. 임금은 한참 동안 생각에 잠겨 고민하다가 말했다.

"그렇다면 나를 사리에 어두운 혼군이라고 한 것은 무엇 때문이냐?"

"군자와 소인을 분간하지 못하시니 어찌 밝은 임금이라 하겠사옵니까?"

"요사스러운 첩에게 빠져 있다고 한 말은 무엇을 의미하는 것이냐?"

"박 귀인은 전하께서 총애하심을 믿고, 다른 후궁들을 함부로 대하고 있습니다. 또 중전 마마는 지극히 존귀한 분이신데, 박 귀인은 감히 그 분께 대항하면서 끝까지 굽히지 않고 법도를 어지럽히고 있습니다. 그 뿐만이 아니옵고, 교만하게도 아들 복성군에게 조정의 대신들과 은밀히 약조를 맺어 사사로이 수시로 연락하도록 가르치고, 조정의 정치에 간섭하여 사화에 간여하였습니다. 사정이 이러하거늘 어찌 요사스러운 첩이라 하지 않겠사옵니까?"

"누가 이야기해 주었기에 이토록 자세히 아는 것이냐?"

"신은 부마이니 전하의 아들이나 다름없습니다. 자유롭게 대궐 안팎을 자주 출입하면서 직접 눈으로 보았으니, 어찌 모르겠사옵니까?"

임금이 묵묵히 한동안 있더니, 다시 물었다.

"내 딸은 어찌하여 못났다고 하느냐? 그렇다면 잘난 것은 누구를 말하는 것이냐?"

윤지경이 웃으며 대답하였다.

"다른 공주님이나 옹주님은 어떠하신지 모르겠으나, 신이 연성옹주를 4년 간 지켜보니 전하의 성은을 입어 옷과 음식이 항상 풍족한데도 아무 이유 없이 종에게 화를 내고 매질을 하는 일이 자주 있습니다. 성품과 행실이 사납습니다. 어린 처녀가 출가하여 낯선 시댁에 왔으니, 처음에야 모든 것이 힘들었겠지요. 하지만 신을 만난 지 몇 달도 지나지

※ 사화(士禍) ― 조선 시대에 조정에서 벼슬살이를 하던 신하나 선비들이 반대파에게 몰려 화를 입던 일.

않아 잠자리를 같이하지 않는다고 매일 싸우려 덤벼드는 것은 염치없기 이를 데 없었습니다. 얼굴도 곱지 않은 터에 자꾸 그렇게 행동하니 더 미웠사옵니다.

그러나 신의 조강지처 최연화는 성품이 부드럽고 인자합니다. 신이 어려서부터 보아 잘 아는 처지입니다. 어른들 안전이나 남편 앞에서는 물론이거니와 하인에게조차 화를 내거나 목소리를 높이는 것을 본 적이 없습니다. 최연화는 신과 혼인하고 나서 옹주 때문에 참담한 신세로 지냈습니다. 비록 주상 전하의 위엄이 태산같이 높다는 것을 알고 있다 하나, 옹주가 남편을 빼앗아 가니 참으로 서러운 처지였사옵니다. 그런데도 신을 보면 옹주를 후대하라고 타이르곤 하였사옵니다. 또한 죽은 척하면서까지 신을 거절해야 했으니, 실로 견디기 어려웠을 것입니다. 그렇지만 늙은 어버이에게 근심스러운 빛을 보이지 아니하니, 그 효성이 높다 하겠습니다. 전하의 은혜를 입어 최연화의 아비와 오라버니가 모두 관직을 받았지만, 지나치게 청렴한 탓에 자식들은 어렵게 지내고 있사옵니다. 그러나 신을 대하면서 한 번도 무엇을 얻으려는 빛이 없었습니다. 마음은 공정하고 청렴하며 얼굴은 곱사옵니다. 신이 어찌 사랑하지 않겠사옵니까?

옹주에게 당초에 전하께서 하사하신 재물은 차치하고라도 30석의 녹봉과 소신의 녹봉이 있으며, 삼전에서 주시는 것도 많아서 곡식과 보물을 쌓아 놓고 있습니다. 그런데도 집 안에 들어앉아 날마다 무엇을 달라고 요청하니 그 욕심이 참으로 지나칩니다. 신이 비록 집안이 부유한 것은 아니지만 옹주를 흔연히 공경하지 못할 정도는 아닙니다. 한 몸 편안하기가 반석과 같은데, 매번 서럽다는 이야기를 하여 주상 전하의 마음을 뒤흔들고 있으니 이는 불효하다는 비난을 면치 못할 것입니다. 이런 까닭으로 주상 전하께서는 최홍일보다 딸을 못나게 키우셨다고 생각되옵니다. 이제 드릴 말씀을 다 아뢰었으니, 어서 죽여 주옵소서."

한 구석도 막힘이 없는 윤지경의 낭랑한 대답에, 윤현조차 미처 아들의 입을 막지 못하고 바늘방석 위에 앉은 심정으로 엎드려 있기만 했다.

임금이 말했다.

"저렇게 성격이 매섭고 모진 놈을 죽이지 못하다니, 내가 딸을 낳은 죄로구나."

한편, 윤지경의 동정을 살피던 박 귀인이 사람을 보내 임금에게 말을 전하였다.

"부마가 나와 무슨 원수를 맺었기에 죽음으로도 씻지 못할 죄를 자꾸 아뢴단 말입니까? 오늘 또 들으니 다른 말은 둘째 치고 내가 심정, 남곤과 합심하여 조광조를 죽인 듯이 몰아가고 있더이다. 그렇게 나를 모함하는 의도를 자세히 물어서 알고자 하옵니다."

이 말을 옆에서 듣고 있던 윤지경이 웃으면서 박 귀인의 말을 전하러 온 사람에게 말했다.

※ 녹봉(祿俸) — 벼슬아치에게 1년 또는 계절 단위로 나누어 주던 금품을 이르는 말.
※ 삼전(三殿) — 대왕비전(大王妃殿 : 선왕의 왕비), 대전(大殿 : 현재의 임금), 중궁전(中宮殿 : 현재의 왕비)을 통틀어 이르는 말.

"진정 나와 겨루고자 하다가는 죽을 것이니 잠자코 계시라고 하여라. 그들이 주고받은 편지가 내게 두 통이나 있으니, 혐의를 벗기는 정말 어려울 것이야. 여러 말씀 마시라고 전해 올려라. 더운 날 뜰에 오래 앉아 있으려니 목이 마르구나. 냉수나 한 잔 달라 하더라고 아뢰어라."

박 귀인은 이 말을 듣고 분을 참지 못하여 다시 사람을 시켜 임금에게 말을 전했다.

"옹주를 박대하고 최씨 여자와 즐겁고 화목하게 살다니, 이는 임금을 경멸하는 것이옵니다. 부마의 처사가 과연 옳은 일입니까? 귀양을 보내서 개과천선하게 하소서."

임금이 말하였다.

"과인이 그대를 죽일 것이로되, 옹주를 보아서 용서하겠노라. 대신에 충청도 대흥 땅으로 귀양을 보내니, 잘못을 뉘우치도록 하라. 최홍일의 딸은 천방지축 날뛰는 지아비를 홀려 옹주를 박대하도록 한 죄가 있으니, 함경도 함흥 땅으로 귀양을 보내도록 하라."

　윤지경이 임금에게 사죄하고 나오니, 윤현이 뒤따라 나와 크게 꾸짖으며 죄를 다스리려 하였다. 윤지경이 말했다.

　"아버님께서는 어찌 소자의 뜻을 모르십니까? 몇 년 안으로 큰 환란이 일어날 것입니다. 소자는 일부러 박 귀인을 노하게 하여 유배당하는 것을 자청함으로써 세상 사람들에게 경종을 울리도록 한 것입니다."

　윤현이 아들의 등을 어루만지면서 말했다.

　"내 일찍이 가르친 바 없거늘 이렇게 지혜가 뛰어나다니! 내가 남에게 훌륭한 아들 두었다고 자랑할 만하구나."

　윤지경은 즉시 유배지로 출발하였다. 다시 생이별을 하게 된 연화는 정신이 아득하여 어찌할 줄을 몰랐다. 윤지경이 웃으며 말했다.

　"슬퍼 말아요. 귀양을 가야 우리 부부가 백년해로할 수 있으니 조금도 서러워 마시오. 그대가 귀양을 가는 함경도의 감사는 형님의 장인어른이시니, 잘 보살펴 주실 것이오."

　윤지경이 태연하게 담소를 나누니, 연화 역시 슬픈 기색을 보일 수 없었다. 두 사람이 귀양지로 출발하니, 윤지경은 남쪽으로 가고 연화는 북쪽으로 떠났다. 이때 윤지경의 나이는 스물두 살, 연화는 열아홉 살이었다.

귀양을 왔다고 해서
귀중한 아내를 버리겠느냐

　연화가 함흥 땅으로 들어가니 과연 윤지경의 말대로 함경 감사와 여러 관리들이 극진히 대접해 주었다. 그러나 연화는 부모님이 그리워 밤낮으로 울었다.

　귀양지에 도착한 윤지경은 대흥 읍내로 들어가지 않고 인근 마을에 거처를 정했다. 감사나 고을 수령들 중에 그를 만나러 오는 사람이 많았는데, 언제나 빈손으로 오는 법이 없었다. 그러나 윤지경은 다른 물건은 받지 않고 오직 술과 안주만 받을 뿐이었다. 또한 먼 곳에서 보러 오는 사람들은 오지 못하도록 막았다.

　한편 연성옹주 역시 평소 금실이 좋지 않았다 해도, 남편이 먼 곳으로 귀양을 떠났으니 마음이 편할 리 없었다. 그녀는 하인을 보내 윤지경의 시중을 들도록 하였다. 그러나 윤지경은 매섭게 소리를 질러 쫓아 보냈다.

"내가 이렇게 귀양을 온 것은 모두 옹주 탓이다. 너희들은 서울로 돌아가도록 하라!"

귀양지 생활이 편할 리는 없었지만, 윤지경은 대흥 고을의 훈관과 선비들을 모아 함께 놀면서 세월을 보냈다. 그는 날마다 하인들을 시켜 떡을 하고 술을 걸러 사람들을 먹이고 그들을 아껴 주니, 윤지경이 가는 곳에는 양반, 상민 할 것 없이 사람들이 무수히 모여들었다. 이후 사람들은 그가 사는 곳을 '도위향'이라고 불렀다.

한편 말 세 필과 영리한 하인 세 명을 두어, 관리들이 보내 주는 음식 가운데 좋은 것이 있으면 모아 놓았다가 말에 실어서 연화가 있는 함흥으로 보냈다. 하인들은 음식을 전해 주고 돌아오는 길에 연화의 소식도 가져왔다. 말 세 필과 하인 세 명이 번갈아 함흥과 대흥을 오가느라고 길에는 사람과 말이 끊이지 않았다.

이듬해, 임금이 환관 김송환을 보내 윤지경이 잘못을 뉘우치고 있는지 살펴보고 오게 하였다. 그리고 이런 사정을 다 들은 임금은 윤지경을 꾸짖는 말을 김송환을 통해 전했다.

"내가 듣자 하니 너는 최연화를 못 잊어 물건을 보내느라 사람과 말이 길에 줄을 이었다고 하더구나. 네가 나를 업신여기면서 네 여자만 사랑

※ **훈관**(訓官) — 조선 시대에 서울이나 지방에서 교육을 담당하던 훈도(訓導)를 말한다.

※ **도위향**(都尉鄕) — '부마의 동네'라는 뜻.

하니, 앞으로도 잘못을 뉘우치지 않는다면 군대에 보내 군졸로 평생을 보내게 만들겠다."

김송환이 임금의 말을 전하자 윤지경은 매우 노하여 말했다.

"대흥에 귀양을 왔다고 해서 귀중한 아내를 버리겠느냐! 아내를 사랑하는 놈에게 죄를 물으신다면, 주상 전하의 외조부 부원군 어른은 어찌할 것이냐? 그 어른의 부인은 얼굴이 얽은 데다 키는 크고, 한쪽 눈에 흰 티가 있으셨다. 그렇지만 일곱 아들을 얻으셨고 중전마마가 되신 딸을 낳으셨다. 부인을 지극히 아끼셨던 부원군 어른께서는 평생 아내의 침소를 떠나지 않으시고 부인과 함께 해로하시다가 일흔두 살에 아내를 잃으셨더니라. 아내를 관에 넣던 날 그분도 함께 관 속으로 들어가려 하셨다는 말씀을 들어, 찾아가 뵙고서 '부인께서 젊으셨을 때 고우셨습니까?' 하고 여쭈었더니, 그분은 '곱지는 않았지만 덕이 있었네.'라고 대답하셨다. '눈동자가 맑으셨던가요?' 하고 여쭈었더니, '한쪽 눈에 흰 티가 있어서 부옇게 보였지만 무던한 사람이었지. 자네가 너무 어릴 때라 내 아내를 보지 못하였을 것이라, 정말 슬프구나.' 하고 말씀하시며, 아흔 살 노인이 눈물을 줄줄 흘리면서 서러워하시는 것이었다. 그렇게 아내를 사랑하는 분이셨노라. 그러니, 아내를 사랑하는 마음이 지극한 부원군 어른을 먼저 벌하시고, 그다음에 나를 벌하시라고 아뢰어라. 내가 갓 스물이 넘은 어린 나이에 1품 관직의 자리에 있다 보니 여러 가지 점에서 조심하느라고 행세하기가 괴로웠다. 이곳에 와 채소밭을 가꾸고 김을 매면서 농사일을 해 보니 상당히 재미있더구나. 다만 부모님이 그리워서 참기 어려웠지만 그것도 어쩔 수 없는 노릇이지.

서로 그리워하다 보면 언젠가는 부모님도 뵙게 될 날이 있지 않겠는가. 세자 저하께 군신 관계를 떠나 아직 어린 나의 처지를 생각하시어, 나의 아비와 세 형을 돌보아 목숨을 보전할 수 있게 해 주십사고 아뢰어 다오."

　말을 마친 윤지경은 손뼉을 치면서 웃더니 풀잎으로 풀피리를 만들어 불었다. 그러고는 뒷밭으로 나가서 손수 오이를 따다 나물 반찬을 만들겠노라 하는 것이었다. 식사 때가 되니 소금에 절인 준치를 굽고 오이 생채에 된장찌개를 끓이고 보리밥을 덥혀 먹었다. 김송환이 말했다.

　"어렸을 때부터 험한 음식은 잡수시지 않다가 귀한 몸으로 이런 보리밥만 드시니, 어떻게 견디십니까?"

　윤지경이 미소를 지으며 말했다.

　"어렸을 때부터 집이 가난하였는데, 다시 이렇게 살아가게 되니 너무
도 좋구나. 기름진 음식을 먹고 자란 귀한 집 아기라면 그 인물이 볼 게
있겠는가?"

　밥을 다 먹은 윤지경은 소화를 시켜야겠다면서 뜰로 내려가 제기를
찼다. 그러다가 또다시 마루로 달려가 앉아 책을 읽는 것이었다. 김송
환이 이 모습을 보고 말했다.

　"부마께서는 비록 귀양지에 와 계시지만 재상가의 자제요, 존귀하신

신분입니다. 어찌하여 이토록 천하고 경박하게
행동을 하십니까?"

"내 아비도 원래 경박하고 천한 선비요, 나 또한 나라에 죄를 지은 죄
인의 신분이니 역시 천한 몸이다. 부마 직위가 어찌 남
아 있겠느냐? 벼슬은 스무 살 무렵 응교를 지낸 게 전부
인데, 무슨 어른인 척하겠느냐? 지금처럼 사는 것이 내
분수에 맞고 편하니, 내 말을 듣고 주상 전하께 낱낱
이 아뢰어 달라."

김송환은 사나흘가량 그곳에서 묵으며 윤지경의
행동거지를 살펴보았다. 충청도사(忠淸都事)와 홍
주목사(洪州牧使)가 와서 만나 뵙고자 했으나
윤지경은 더위 먹은 증세가 심하여 자리에 누웠
기 때문에 볼 수 없다고 하였다. 그들은 가져왔던
양식과 반찬만 두고 돌아갔다.

윤지경은 김송환과 장기를 두면서 말했다.

"김 영웅, 내가 사는 모양새가 어떠한가?"

김송환이 대답하였다.

"음식이 너무 험해서 괴로워 보입니다."

윤지경이 이 말을 듣고 껄껄 웃더니, 갑자기 벌떡 일어나 뒷짐을 지고 어정거리면서 말했다.

"김 영웅! 서씨, 박씨가 조정으로 들어가니 참 무시무시한데."

"서씨는 누구고 박씨는 누구를 말씀하시는 것인지요?"

윤지경은 웃기만 할 뿐 대답하지 않았다. 그러고는 다시 말했다.

"이조판서(吏曹判書), 홍문관제학(弘文館提學), 이조좌랑(吏曹佐郎) 모두 알아볼 일이야."

"그분들이 어떻다는 말씀입니까?"

그러자 윤지경이 웃으며 말했다.

"제학(提學)이라는 벼슬은 글을 하는 사람이 맡은 직책이지. 그런데 유월 여름날 개가죽으로 온몸을 싸매고, 몸 속의 독기를 없앤다면서 침을 맞는 제학이 어디 있단 말인가? 여기서 듣자 하니 이조판서는 엄청난 부자가 되었다고 하더군. 주상 전하께옵서 이조좌랑과 홍문제학을 가까이 부리려고 하시거든 절대 그러지 마시라고 아뢰게나. 권필서가 더러운 욕심을 부리는 바람에 영의정 정광필과 우의정 노 아무개는 저지르지도 않은 죄로 올바른 세상을 보지 못하고 돌아가셨다. 어찌 참혹하지 않으리오. 한편 이 정승의 아드님과 나는 어렸을 적부터 함께 공부한 사이다. 시국을 슬퍼하는 글을 만 장이나 지어 나에게 보여 준 적이 있었다. 그 글은 훌륭한 분들의 아름다운 절개를 기리고 있었는데, 문장이 너무도 아름다웠다. 이조판서는 박 귀인의 아들인데 쌀을 뇌물로 받고 벼슬을 마구 준다는 소문이 파다하고, 홍문관제학은 남곤의 아들인데 임질에 걸려 글도 변변히 못한다는 말이 있다. 이조좌랑은 박 귀인 오라비의 아들인데, 그는 청루를 드나들며 기생질에 빠진 환자일세."

윤지경은 또 웃더니 이렇게 말하는 것이었다.

"바람 부는 날 흔들리는 보리처럼 가냘픈 어린 아내를 어찌 보호하랴. 나는 이곳이 가장 편안하니, 김 영웅은 주상 전하께 나를 찾지 마시라고 아뢰어 주게나."

김송환은 말없이 앉아 묵묵히 듣고만 있는데, 윤지경은 갑자기 화제를 바꾸었다.

"이곳에 귀양 와서 할 일이 없기에 부질없이 나뭇잎에 꿀로 글을 쓰곤 했다네. 그랬더니 벌레가 꿀이 있는 부분만 갉아 먹어 글자를 정교하게 새기더군."

이렇게 말을 하던 윤지경은 갑자기 생각이 난 듯 계집종을 불렀다.

"너는 바느질을 얼마나 했느냐?"

※ **유월 여름날 ~ 어디 있단 말인가?** — 학질이라는 병을 치료하는 방법의 하나인데, 여기서는 제학 벼슬을 하는 고위 관리가 권력 있는 자를 두려워하여 학질에 걸린 듯 벌벌 떨기만 하는 모양을 빗대어 말한 것이다.
※ **정광필(鄭光弼)** — 조선 중종 때의 문신. 연산군에게 항소했다가 아산으로 귀양을 갔으며, 기묘사화 때 파직되었다가 죽은 후에 복직되었다.

"다 마쳤습니다."

계집종은 얼른 방 안으로 들어가더니 바느질 마친 것을 가지고 나와 윤지경에게 건넸다. 베를 잘 누벼서 만든 서답이었다. 김송환이 그것을 보고 우스워 말했다.

"웬 서답입니까?"

"하인이 하는 일 없이 놀고 있기에, 함흥으로 귀양을 간 아내에게 보내려고 만들었지."

윤지경은 그 서답을 받아 세어 보고는 옆에 놓았다.

김송환은 그곳에서 열흘을 머물다가 서울로 돌아갔다. 서로 헤어질 때 윤지경은 눈물을 흘리면서 탄식하며 말했다.

"김 영웅은 충성스럽고 식견이 넘치는 사람이니, 내 사정을 사실대로 말하겠네. 우리 집안은 지금 진실로 보전되기 어려운 처지일세. 내가 이쪽으로 귀양을 온 뒤 노부모님과 형님께서 병이 들어 다니지 못하게 되었네. 세자 저하께 노부모님을 살려 달라고 꼭 전해 주시게나. 간곡하게 아뢰어 주게."

김송환으로서는 윤지경의 속마음을 헤아릴 길이 없었다. 천박한가 싶으면 진중하고, 경박한가 싶어 살펴보면 소견이 깊은 모습을 보였다. 김송환은 서울로 돌아와서 윤지경이 하던 거동과 말을 임금에게 낱낱이

※ 서답 — 여성이 월경할 때 살에 차는 것을 가리키는 경상도 · 충청도 방언. 주로 헝겊 따위로 만든다.

전하였다. 임금은 묵묵히 한동안 생각에 잠겼다가 말을 꺼냈다.

"과인의 외조부님은 외조모님을 매우 아끼셔서, 윤지경이 말한 것과 같은 일이 있었다. 그렇지만 제 아내의 서답을 만들어 보였다는 것은 여전히 옹주를 아내로 받아들이지 않겠다는 뜻이리라. 귀양지를 더 멀리 제주도로 옮기고 싶구나. 또 죄인의 신분으로 어찌 조정의 일을 그렇게 희롱하듯 비판할 수 있단 말이냐?"

옆에 있던 세자가 말했다.

"아바마마, 윤지경이 그 아비와 형을 소자에게 부탁하면서 나뭇잎에 글자를 새겨서 보냈사옵니다. 나뭇잎 위에 꿀로 글자를 쓴 뒤 그것을 벌레에게 먹여서 만든 것이라 하옵니다. 지난 날 후원에서 발견된 나뭇잎의 글자 때문에 조광조를 비롯한 많은 사람이 죽거나 해를 입었사온데, 그것도 역시 사람이 만든 것이 아닌가 생각되옵니다. 아바마마께옵서 당초에 부마를 잘못 선택하셨습니다. 또 옹주에게는 남편을 잡았다는 허물이 덧보태지게 되었사옵니다. 어찌 되었든 윤지경에게 조광조 사건과 관련된 편지가 두 통이 있다 하였사오니, 그를 불러서 물어보시는 것이 어떠하겠사옵니까?"

박 귀인이 옆에서 듣고 있다가 윤지경을 불러올리지 않을까 겁을 내며 앞으로 나와서 아뢰었다.

"부마는 이미 전하의 사위가 된 몸이니, 그를 잡아 와서 문책하는 일은 결국 주상 전하와 소첩을 벌주는 일이나 다름없습니다. 그러니 이제 와서 윤지경을 잡아 와서 형틀을 채우는 것은 부질없는 일이옵니다. 옹주와 소첩의 팔자가 기구한 탓에 이런 불미스러운 일이 벌어진 것이오니, 그자가 잘못을 뉘우치고 우리 옹주와 화목하게 살 가능성은 전혀 없사옵니다. 차라리 10년이고 20년이고 귀양을 풀지 마옵소서."

세자는 성품이 워낙 효성스러워 박 귀인을 친어머니 모시듯 했던지라, 이 눈치를 금세 알아차리고 임금에게 아뢰었다.

"귀인의 말씀이 옳사옵니다. 윤지경을 귀양지에 그냥 두옵소서."

임금은 그들의 말대로 윤지경을 귀양지에 그냥 두기로 했다.

한편, 연화는 귀양지 함흥에 도착하고 얼마 지나지 않아 아들을 낳았다. 아버지 윤지경을 그대로 빼닮아 준수한 기상을 갖춘 아기였다. 연화는 아기의 이름을 여임이라고 지었다.

※ 소첩(小妾) ― 부인이 남편에게 자기를 낮추어 이르는 말.

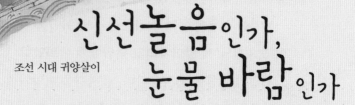

신선놀음인가, 눈물 바람인가

조선 시대 귀양살이

윤지경과 최연화의 귀양살이는 별로 고생스러워 보이지 않습니다. 지금도 '유전무죄, 무전유죄'라는 말이 있듯 옛날에도 돈과 권력이 있으면 귀양살이가 그리 어렵지 않아 '유권무죄, 무권유죄'라는 말이 있었습니다. 하지만 그런 경우는 아주 드물었고, 대부분의 귀양살이는 말 그대로 고되고 외롭기 짝이 없는 '형벌'이었지요. 조선 시대 인물들의 귀양살이가 어땠는지 한번 들여다봅시다.

▌신선놀음이 따로 없는 귀양살이

김진형 유명한 유배 가사인 「북천가」를 남긴 김진형은 철종 때 함경도 명천으로 귀양을 갔는데, 죄도 가벼운 데다 유배지 관찰사도 좋은 사람이어서 그야말로 귀양살이가 신선놀음이었다. 유배 가는 길목마다 수령이 나와 성대하게 음식을 대접했고 유배지에 도착해서는 촌구석에 글 잘하는 선비가 왔다며 날마다 사람들이 모여들어 술 마시고 시를 지으며 한가로이 지냈다. 심지어 수령이 가마와 기생을 내줘 계절이 바뀔 때마다 경치 좋은 곳을 찾아 구경을 다녔다고 한다.

김정희 추사 김정희는 제주도로 귀양을 갔는데, 조금 여유가 있어 하인 서너 명이 그와 함께 지내며 수시로 서울과 제주를 오가면서 물건과 편지를 전하고 추사의 수발을 들었다. 그의 글씨는 워낙 유명해 가끔 왕도 글씨를 써서 올려 보내라 하고, 손님들도 많이 찾아왔으며 제자들도 제주도까지 여러 번 찾아와 북경에서 귀한 책을 구해다 주기도 했다.

식성이 까다로웠던 김정희는 항상 편지에 먹을 것이 없다고 투정을 부려 서울에서는 장조림이나 떡, 약식, 육포 등을 보내곤 했는데, 오는 도중에 상하는 일도 많았다. 그래도 귀양살이라 외로움이 뼈에 사무치는데 그만 아내가 죽고 한 달이나 지난 후에 아내의 부음을 듣게 되었다. 몹시 상심한 추사는 그립고 안타까운 마음을 담아 「배소만처상」이란 시를 지어 슬픔을 달랬다 한다.

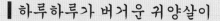

▌하루하루가 버거운 귀양살이

정약용 전라도 강진으로 귀양을 간 다산 정약용은 처음에 머물 곳이 없어
성문 밖 노파의 주막집에 얹혀살았다. 고문 후유증으로 아픈 몸에 다섯 달 동안을 옷
한 벌로 지내며 이루 말할 수 없는 고생을 했고, 다음 해가 되어서야 겨우 초당을 마련해
글방을 열어 생계를 유지해 나갔다. 그러나 의식주의 불편함보다
더 괴로운 일은 가족과 멀리 떨어져 지내야 하는 일이었다.
정약용은 유배 생활 동안 가족을 그리워하는 마음이 남달랐다.
다산의 아내는 언제 돌아올지 모르는 남편에게 자신이 오래도록
입어 다 낡은 여섯 폭 다홍치마를 애틋한 마음과 함께 보냈다.
다산은 이 치마를 고이 간직하다 딸이 시집을 가게 되자 한쪽을 잘
라내 그 위에 〈매화병제도〉라는 그림을 그리고 글을 써서 딸에게
보냈다. 하나뿐인 딸의 결혼식에도 가 보지 못하는 아버지의 미안
함과 안타까움이 느껴지는 일화이다. 18년이나 지나 유배가 풀린
정약용은 마침내 고향에 돌아와 결혼 60주년이 되는 회혼례 날
가족들이 모두 모인 자리에서 숨을 거두었다.

〈매화병제도〉

안조원 정조 때 대전별감이던 안조원이 추자도로 귀양을 갔는
데, 머물 집조차 없어 구렁이와 지네가 기어 다니는 습기 차고
추운 남의 집 처마 밑에서 잠을 자야만 했다. 이 고생스러운 귀양
살이가 「만언사」에 전해지는데, 옷 한 벌로 사계절을 버티고 보리
밥에 된장 한 덩어리로 끼니를 해결했고 이마저도 굶는 날이 많았
다고 한다. 겨우 마련한 반 칸짜리 방에는 불을 때지 못해 누워
눈물을 흘리면 눈물이 얼어붙어 "내 눈물을 모으면 추자도가 잠
길 것이요, 내 한숨을 펼치면 한라산을 덮을 것이다."라며 한탄했
다고 전해진다.

박 귀인은 죽고
옹주는 귀양을 갔사오니

　이듬해 봄, 세자의 침소 밖에서 누군가가 쥐를 죽여 사악한 술법을 펴다가 발각되었다. 임금과 중전이 이야기를 전해 듣고 매우 놀라 이 일에 대해 자세히 알아보던 중, 세자가 병이 들어 달포가 지나도록 나을 기미가 보이지 않았다. 아무리 약을 써도 듣지 않자 임금은 뭔가 수상쩍은 기색을 느끼고, 당대 최고의 이인 남사고를 불러 대궐 안의 기운을 살펴보도록 하였다. 그는 대궐을 두루 돌아보다가, 세자가 있는 동궁전

※ **이인(異人)** — 재주가 신통하고 비범한 사람.
※ **남사고(南師古)** — 조선 중기의 예언가. 역학, 풍수, 천문, 관상 등에 도통하였다고 한다.

(東宮殿) 부엌의 벽에서 사나운 기운이 감돈다고 아뢰었다. 벽을 헐어
보니 과연 그 속에는 나무 인형과 사람의 뼈가 무더기로 묻혀 있었다.
인형과 뼈에는 날짜가 쓰여 있었는데, 대부분 박 귀인, 복성군, 홍상 등
의 글씨체였다. 임금은 크게 노하여 즉시 이들을 잡아들여 직접 국문을
하였다. 박 귀인은 국문이 시작되자마자 겁에 질려 모든 것을 실토하였
고, 그녀는 즉시 사형을 당했다. 홍상은 곤장을 맞다가 죽었고, 복성군
과 홍상의 처, 연희옹주는 모두 귀양을 갔다가 얼마 뒤 사약을 받아 죽
음을 맞았다. 연성옹주는 어미 박 귀인의 음모에 연루되어 경상도 밀양
땅으로 귀양을 가게 되었다. 한편, 대간에서는 홍명화 등을 사형에 처
하고 재산을 몰수하였다.

사건이 어느 정도 마무리되자 임금은 새삼 감탄하면서 세자에게 말
했다.

"윤지경은 나이가 어리지만 호랑이를 잡은 장건에 비교할 만큼 기특
하구나. 두목의 위엄 있는 풍모와 장양의 몸 보전하는 계책을 두루 갖
추었으니, 어찌 기특하지 않으랴."

임금은 즉시 윤지경을 귀양에서 풀어 주었다. 그리고 서울로 불러 부
마의 직위를 거두고, 승지(承旨)라는 벼슬을 새로 내렸다. 최연화 역시
귀양지에서 풀어 주어 서울로 돌아오도록 하였다. 윤지경이 귀양지인
대흥 땅에서 돌아와 땅에 엎드려 임금의 은혜에 감사의 인사를 올리고
울면서 아뢰었다.

"신이 주상 전하의 은택을 입어 벼슬을 시작한 지 7년이 되었사옵니
다. 신이 충성스러운 마음이 부족하여 전하께 죄를 지었으나 천은(天

恩)이 망극하여 다시 옆에서 모시게 되었사옵니다. 그러나 박 귀인은
죽고 옹주는 귀양을 갔사오니 온 나라가 불행함은 물론이요, 신이 전
하의 사위가 되었던 정리도 끊어지게 되었사옵니다. 어찌 슬프지 않겠
사옵니까?"

윤지경은 말을 하면서 눈물을 줄줄 흘렸다. 임금 또한 슬퍼하면서 그
의 손을 잡고 함께 눈물을 흘렸다. 윤지경이 또 아뢰었다.

"연성옹주가 만약 흉악한 모의에 참여하지 않았다면, 신이 사람을 시
켜 서울로 불러 자세한 사정을 물어보고 싶사옵니다."

임금 역시 탄식하며 말했다.

"연성옹주는 틀림없이 참여하지 않았을 것이다. 물어봐야 무슨 혐의
가 있겠느냐?"

윤지경은 집으로 돌아가 부모님을 반가이 뵙고 인사를 올렸다. 그러
고는 옹주궁을 돌아보았다. 그 사이 집은 황량해졌는데, 몇 명의 궁인
들만 남아 지키고 있는 실정이었다. 그 광경을 보고 있자니 절로 처량
한 마음이 들었다. 한편, 서둘러 사람과 말을 채비해 조카와 함께 보내

※ 국문(鞠問) — 임금의 허락을 받고 중죄인을 신문하던 일.
※ 대간(臺諫) — 모든 관리를 감독하고 임금에게 간언을 하는 사헌부와 사간원을 함께 지칭하는
말이다.
※ 장건(張騫) — 한(漢)나라 무제 때의 장군. 힘이 매우 세서 호랑이를 맨손으로 잡았다고 한다.
※ 두목(杜牧) — 당(唐)나라 때의 이름난 시인. 매우 잘생겨서, 그가 마을을 지나가면 그의 관심
을 끌기 위해 여인들이 던진 탱자가 수레를 가득 채울 정도였다고 한다.
※ 장양(張良) — 한나라의 개국 공신.

아내 연화를 데려왔다. 반갑고 기쁜 심정이야 이루 말할 수 없었다. 게
다가 귀양지에서 태어난 아기가 제법 자랐으니, 반갑고 기쁘기만 할 뿐
이었다. 시부모 역시 이제야 원래의 며느리와 손자를 보았으니, 그 사
랑하는 마음을 헤아릴 수가 없었다. 그 사이 재앙을 겪으면서도 연화는

추호도 그릇됨이 없었으니 사람들은 더욱 기특하게 여겼다. 흉악한 변괴를 당해서도 지혜롭게 대처하여 부모와 형제는 물론 집안의 모든 사람들이 무사하니, 사람들은 모두 그녀의 재주와 덕을 칭찬하였다.

윤지경은 연성옹주에게 편지를 보내 안부를 간곡하게 물었다. 그러고 나서 임금에게 아뢰었다.

"박씨의 죄가 무거우나 이미 죽은 지금은 죄를 지으려 해도 지을 수가 없을 것입니다. 모든 죄를 용서하시고 원래의 직책을 되돌려 주시는 것이 마땅할 듯합니다."

임금이 그 말에 불쾌한 기색을 보였지만, 윤지경은 계속해서 또 아뢰었다.

"정광필, 이언적은 용서하시는 것이 마땅하옵니다."

이 말에 임금은 정광필을 용서하고 다시 정승으로 발탁하였으나, 정광필은 벼슬을 받지 않았다. 윤지경은 24세에 가선으로 승진하여 동부승지(同副承旨)에 올랐다. 얼마 후 임금은 병이 들어 세상을 떠났고, 세자가 즉위하여 초상을 마치고 나서 윤지경을 불러 눈물을 흘리며 말했다.

"연성옹주는 과인과 골육을 나눈 형제로다. 그대가 데려다가 예전과 같이 박대하지 말고 잘 대접하면서 산다면 죽어도 여한이 없겠노라."

윤지경 역시 울면서 사례하여 말하였다.

※ 이언적(李彦迪) — 조선 중종 때의 대표적인 성리학자.
※ 가선(嘉善) — 가선대부(嘉善大夫)의 준말로, 종2품의 벼슬 등급.

"오늘 내리신 하교를 가슴 깊이 새겨서 잊지 않겠사옵니다."

윤지경은 즉시 사람과 말을 보내서 연성옹주를 데려왔다. 옹주가 궁으로 돌아와 보니 이미 부왕(父王)마저 돌아가신 뒤라 의지할 곳도 없었다. 그녀는 서러움이 북받쳐 돌아가신 부모님을 따라 자결이라도 하고 싶었다. 그러던 중에 임금이 그녀를 붙들고 울며 말했다.

"이제는 사정이 예전과 달라졌다. 너는 지위가 높다고 행세하지 말고, 남편을 공경하며 시부모님을 효성으로 섬겨야 한다. 항상 몸가짐을 공손히 해야 한다."

임금은 부왕 때보다 몇 배나 많은 물건을 하사하면서 타이르고 위로하였다. 연성옹주가 윤지경의 집으로 돌아오니, 윤지경이 자신을 대하는 품이 은근하면서도 극진했다. 그녀는 너무도 감격하였다. 연화 역시 연성옹주를 극진히 대접하면서 공경하여, 친자매처럼 화목하게 대하였다. 연성옹주가 출입을 하면 연화는 항상 일어나 맞았다. 윤지경이 말했다.

"부인이 옹주께 그렇게 대하시는 건 너무 과도하게 예를 차리는 것이외다."

연화가 대답하였다.

"돌아가신 부왕 전하께서 당부하시지 않았습니까. 옹주는 왕녀요, 주상 전하께서 직접 상공께 간절하게 잘 대해 주라는 말씀을 내리신 바 있습니다. 제 아버님께서 살아계신 것도 모두 선왕(先王)의 높은 은덕 때문이니, 제가 옹주를 더욱 공경하는 것입니다."

그 말을 들은 사람들은 연화의 지혜와 어진 덕에 탄복하여 더욱 아끼며 사랑하였다.

윤지경은 대사간이 되자 즉시 임금에게 상소문을 올렸다. 그는 남곤, 심정 등이 직관과 음모를 꾸미며 꿀로 글자를 써서 사화를 일으켰던 일의 전말을 쓰고, 그들이 그 일을 모의하며 서로 주고받은 편지 두 통을 함께 드려 아뢰었다. 임금은 남곤, 심정 등을 국문하여 절해고도에 귀양을 보냈다. 그러나 여전히 조광조의 명예를 회복해 주는 것만은 거절하였다. 돌아가신 선왕이 회복시켜 주지 않았다는 이유 때문이었다.

하루는 윤현이 아들과 며느리를 불러 모은 자리에서 윤지경에게 짓궂은 농담을 하였다.

"옛날 네가 최 참판 댁 여식의 붉은 입술을 접하고는 실꾸리도 감아 주며 좋은 서답도 만들어 주었다 하는데, 늙은 아비가 보는 데서는 하지 않으면서 다른 사람이 보는 데서는 어떻게 했느냐? 지금 또 그렇게 해서 우리를 웃게 해 주는 건 어떠냐?"

윤지경이 웃으며 대답하였다.

"그게 모두 소자의 계교였습니다."

말이 끝나자 연화의 얼굴에 발그레한 빛이 일어났다. 윤현이 연화의 손을 잡고 말했다.

※ **대사간**(大司諫) — 정3품의 벼슬로, 사간원에서 가장 높은 벼슬.

※ **직관**(直館) — 직홍문관(直弘文館)의 준말. 홍문관에 역사를 기록하거나 임금에게 간언을 올리는 일을 하던 정3품의 벼슬아치.

※ **절해고도**(絕海孤島) — 육지에서 아주 멀리 떨어져 있는 외딴섬.

"이렇게 아름다우니 내 어찌 아들을 꾸짖으랴. 모두가 너를 칭찬하더구나. 또 조정의 관리들과 벗들이, '실꾸리를 감는 사간(司諫)이 어디 있단 말이오?' 하면서 놀리더구나."

윤현의 이 말에 모두가 또 한바탕 웃음을 터뜨렸다. 연화는 여전히 달과 같이 고운 얼굴을 붉히며 부끄러운 듯 미소를 지었다.

한편 임금은 선왕의 상례를 너무 과도하게 주관하는 바람에 병이 위중하게 되었다. 윤지경은 그 옆에서 밤낮으로 모시며 임금의 병간호를 하였다.

어느 날 밤, 임금이 사람을 불렀다. 그러나 모두들 잠이 들어 듣지 못했는데, 마침 윤지경이 잠에서 깨어 얼른 들어갔다. 임금은 윤지경의 손을 잡고 눈물을 흘리면서 말했다.

"과인이 아무래도 살지 못할 듯싶구나. 경원군이 덕이 있으니 다음 임금으로 추대하고, 너는 마음과 정성을 다하여 나랏일을 돕도록 하라. 옹주와 화목하게 지내는 것을 보니 이제 죽어도 여한이 없구나. 또한 네가 조광조의 명예를 회복시켜 달라고 여러 차례 간언하였지만 허락하지 않았는데, 이제는 신원해 주어 그의 명예를 회복할 수 있도록 조처하라. 내가 직접 글을 쓸 힘이 없으니, 네가 쓰도록 하라."

임금은 잠시 말을 끊었다가 다시 말하였다.

※ 상례(喪禮) — 상중(喪中)에 지키는 모든 예절.
※ 신원(伸寃) — 부당하게 처벌을 받거나 모함을 당하여 가슴에 맺힌 원한을 풀어 주는 일.

"너는 매양 정광필과 이언적을 마땅히 배향할 만한 사람이라고 하였다. 내가 세자로 있을 때 그들을 가까이서 본 바가 있었는데, 이제 생각해 보니 배향하기에 부족함이 없는 사람들이다. 내가 죽은 뒤에 그대가 알아서 그들을 배향하도록 하라."

너무 많은 말을 한 탓인지 임금의 목소리는 한층 더 힘이 없었다. 임금은 다시 말을 이었다.

"네 아내 최 부인이 어질어서 연성옹주를 극진히 대접한다 하니, 참으로 기특하구나. 무명과 은을 하사하여 어진 덕을 기리고자 하노라."

자신의 병세가 회복되지 못할 것을 알고 뒷일을 당부하는 임금의 얼굴에는 눈물이 가득했다. 임금은 자꾸 감기는 눈을 겨우 떠서 윤지경을 보고는 한숨을 지으며 자리에 누웠다. 임금은 그 일이 있은 지 3일 만에 승하하였다. 윤지경은 부모님이 돌아가신 것처럼 서러워하며 지극한 정성으로 장례에 임하였다.

초상이 끝나자 윤지경은 새로 등극한 임금에게 조광조 등의 신원을 건의하여 이전의 지위를 복원하도록 하였고, 정광필과 이언적을 배향하도록 하였다. 덕분에 윤지경은 청렴하고 어진 덕이 있다는 소문이 자자해져 온 나라 사람들의 칭송을 받았다. 임금 역시 그를 매우 소중하게 여겨 칭찬이 그칠 날이 없었다. 윤현은 벼슬을 그만두고 물러나 집에 머물면서 언제나 아들 자랑을 하였으니, 아들이 아내를 너무 사랑하

※ 배향(配享) — 학덕이 있는 사람의 신주를 문묘나 사당, 서원에 모시는 일.

여 몸이 상할까 하는 것이 걱정거리일 뿐이었다. 연화와 연성옹주는 서로 몸가짐을 조심하면서, 시부모님께 꾸중 들을 일 없이 잘 받들었다. 얼마 지나지 않아 연성옹주도 연화에게 뒤지지 않을 만큼 어진 사람이 되었다. 윤지경도 연성옹주를 안타깝고 불쌍하게 여겨 더욱 귀하게 여기고 후하게 대했는데, 이는 돌아가신 임금의 간절한 부탁도 있었지만 그의 충성심이 지극한 탓도 있었다.

쥐를 불태워 나무에 매달다

자신의 아들을 세자로 만들기 위해 수단과 방법을 가리지 않는 왕비와 후궁들의 이야기는 역사 드라마의 단골 소재입니다. 그들은 심지어 무녀를 불러 끔찍한 방법으로 누군가를 저주하는 일도 서슴지 않았습니다. 이런 일은 왜 일어났을까요? 왕에게 총애를 받기 원하는 여인들의 애정 갈등이 원인일까요?

사건이 일어나다

중종 22년(1527) 세자의 생일, 팔과 다리가 잘리고 입, 눈, 귀를 불로 지진 쥐 한 마리가 주문이 적힌 글과 함께 세자가 거처하는 동궁 옆 은행나무에 매달린 채 발견되었습니다. 누군가 세자를 저주한 것이었지요. 사건이 일어나자, 사람들은 평소에 자신이 낳은 아들 복성군이 세자가 되기를 내심 바라고 있던 경빈 박씨를 범인으로 지목했고, 경빈 박씨와 복성군은 궁궐에서 쫓겨나 모두 사약을 받았습니다. 이때 경빈 박씨의 측근이었던 좌의정 심정을 비롯해 많은 사람이 함께 죽거나 유배되었는데, 이 사건을 '작서(灼鼠)의 변'이라 합니다. '작서'란 '불에 탄 쥐'라는 뜻입니다

진범은 누구인가?

그런데 몇 년 뒤에 범인은 경빈 박씨가 아니라 김안로와 그의 아들이라는 사실이 밝혀졌습니다. 이들은 경빈 박씨가 지나치게 왕의 총애를 받자 경빈 박씨와 그 주변 사람들이 권력을 잡을까 우려하여 모함한 것이었습니다. 사실 중종은 경빈 박씨를 매우 사랑해, 그녀를 쫓아내야 한다는 내용의 상소를 열아홉 번이나 물리기도 했지요. 그랬기에 진범이 밝혀지자 중종은 더욱 크게 노하여 궁궐에는 또 한차례 피바람이 불었습니다.

위협이 계속되다

작서의 변 이후 얼마 지나지 않아 세자가 거처하는 동궁전에 큰불이 났습니다. 누군가 쥐꼬리에 불을 붙여 동궁으로 들여보내 불을 냈다는 소문이 파다했고, 사람들은 세자의 계모이자 중종의 둘째부인인 문정왕후를 의심했지만 뚜렷한 증거는 없었습니다. 이런 와중에 세자는 인종 임금이 되었으나 채 1년도 못 되어 죽고, 문정왕후의 아들이 왕위에 올라 명종 임금이 되었습니다. 그 후에도 인종의 사망 원인은 명확히 밝혀지지 않아 문정왕후가 독살했다는 이야기가 끊임없이 흘러나왔지요.

조선의 은밀한 저주술

조선 시대에 누군가를 저주할 때 주로 쓴 방법은 특정한 시간에 맞춰 저주할 사람과 관계 있는 장소에 그 사람의 손톱, 머리카락이나 쥐를 태워 묻거나 고양이 시체를 묻는 것이었습니다. 나무나 짚으로 저주 대상을 본뜬 인형을 만들어 땅에 묻거나 인형에 칼이나 바늘을 꽂으며 저주하는 일도 많았습니다. 장희빈은 숙종의 사랑이 식자 질투심에 인현왕후가 죽기를 바라며 인현왕후를 상징하는 인형을 만들어 바늘을 꽂고 화살을 쏘았으며, 대궐 안에 신당을 차려 놓고 귀신에게 새 옷을 바치며 인현왕후가 죽기를 빌었다고 합니다.

백 년을 하루같이
부부로 함께 지내니

하루는 윤지경이 술을 마시고 연성옹주의 무릎을 베고 기분 좋게 놀고 있었다. 그때 윤지경의 형이 들어와 웃으며 말했다.

"여보게, 아우. 옹주를 이렇게 아끼고 사랑할 것을 예전에는 왜 그토록 매몰차게 대하여 임금께 죄를 지었단 말인가?"

윤지경이 웃으며 대답하였다.

"남자가 어찌 그렇게 매몰차게 할 수 있겠습니까? 그때는 박 귀인이 일방적으로 내게 시집을 보낸 경우였고, 지금이야 선왕의 중매로 부부가 된 게 아닙니까? 경우가 다르니 당연히 소중하게 여기고 화목하게 살아야지요."

형이 또 웃으며 말했다.

"아우는 진사시에 급제했을 때 성천의 기생 녹운이와 청산녹수(靑山綠水)를 두고 사랑을 맹세하지 않았던가? 내가 어제 대궐에서 나오다가 우연히 녹운이를 만났네. 지금 경선공주의 시녀로 있다고 하면서 자네 소식을 묻고 울더군그래. 그러면서 '그 어른이 옹주님과 인연이 맺어지시는 바람에 감히 다시 찾아뵙지는 못하지만, 이렇게 절개를 지켜

수절하고 있습니다. 서울 온 지 1년이 넘었지만 끝내 저를 찾지 않으시니, 남자란 원래 신의가 없는 모양이네요.' 하고 서럽게 울더군. 아우가 녹운이를 불러 만나 보고, 다시 옛정을 잇는 게 어떻겠나?"

윤지경이 말했다.

"만물이 변화하니, 푸른 산 맑은 물인들 어찌 변하지 않겠습니까? 집 안에 꽃 같은 두 아내를 둔 재상이 첩을 두겠습니까? 생각해 보면 녹운이 때문에 액운을 겪은 건 아닌지 모르겠네요. 이 아우가 연화와 순조롭게 혼인을 할 것이었는데, 녹운이 때문에 좋지 않은 일이 생겨서 7년을 힘들게 고생한 겁니다."

말을 마치고 그들은 서로 쳐다보며 웃었다.

윤지경은 연화와의 사이에 삼남 이녀를 두었고, 연성옹주와의 사이에 이남 이녀를 두었다.

명종 시절에 윤지경은 좌의정이 되었다. 명종이 후사를 두지 못하고 승하하시니, 이에 영의정 이출경이 원임대신 심중엄 등과 함께 잠저로 가서 선조를 맞아 왕위에 오르도록 하였다. 이후 윤지경은 두 아내와 백발이 되도록 화목하게 지냈다.

임진왜란이 일어나자 윤지경은 임금을 모시고 평안도로 갔다. 연성옹주는 그곳에서 학질에 걸려 앓다가 죽었다. 윤지경은 박현 땅에 연성옹주를 임시로 묻었다가 임진왜란이 끝나자 묘를 옮겨서 선영에 장례를 치르니, 윤지경과 최 부인의 서러움은 비길 데가 없었다. 이후 윤지경은 상소문을 올려서 정승 벼슬을 그만두고 물러나, 평생토록 아내의 침실을 벗어나지 않고 지냈다.

하루는 이항복과 이원익 두 사람이 찾아와 한가하게 이야기를 나누었다.

"윤 대감은 덕이 높고 공적이 많아 충분히 배향되실 만합니다."

이에 윤지경이 대답하였다.

"그 당시 내가 지나치게 생각한 점이 있습니다. 한 나라의 대간으로서 특별히 잘못한 일이 없고 문장이 부족하지 않기는 하지만, 젊은 시절에 아내 때문에 선왕의 뜻을 거슬렀던 일이 많았지요. 게다가 지금 연성옹주는 박 귀인의 딸이니, 내 평생 죄인의 자식을 데리고 살아온 셈입니다. 어찌 감히 배향되기를 바라겠소이까?"

이항복이 웃으며 말했다.

"그 말씀이 옳습니다. 이제 연세가 여든이 되셨으나 부인을 품어야 잠에 드실 수가 있고, 젊으셨을 때는 실꾸리를 감아 드렸으며 서답을 잘 누벼 드렸다는 말씀을 들었습니다. 부인의 서답을 누비고 실꾸리를 감아 주는 재상이 어디 있겠습니까?"

이 말에 윤지경이 박장대소하며 말했다.

"이놈아! 오늘 나를 웃기려고 왔느냐?"

옆에 앉아 있던 아들과 손자, 며느리 들이 모두 눈치를 보면서도 웃음을 참지 못하였다.

※ **원임대신(原任大臣)** — 현재 관직에 있는 것은 아니지만, 예전에 정3품 이상의 관직을 지낸 대신.

※ **잠저(潛邸)** — 왕이 보위에 오르기 전에 살던 집.

윤지경은 90세가 되도록 부인과 함께 잠자리에 들며, 절대로 연화의 침소를 떠나지 않았다. 그리고 광해군 즉위 3년, 윤지경의 나이 92세에 세상을 떠났다. 연화는 남편의 죽음을 보고도 특별히 울지 않고, 아들과 며느리 들에게 말하였다.

"우리 부부가 구십 년을 살았고 자녀들이 많으니 조금이라도 서러운 게 있겠느냐. 어린아이 시절 전염병을 피하여 같은 집에 거처할 때 대감이 열여섯 살이요, 내가 열세 살이었다. 모두들 피난을 떠난 적막한 집에서 우리 두 사람 사이에 정분이 생겼고, 대감이 부부가 되고자 청혼을 하였더니라. 백 년을 하루같이 함께 지내던 부부 사이에 어찌 때를 놓칠 수 있겠느냐."

연화는 말을 마친 뒤 지팡이를 짚고 겨우 일어나더니, 뒤뜰 우물에 빠져 자결하였다. 갑작스러운 사태에 모든 자손들이 더더욱 서러워하였다. 윤지경과 연화를 함께 선영에 안장하고 세월이 물처럼 흘러 3년이 지난 후에도 가족들의 슬픔은 여전하였다.

장남 윤여임이 병조참판으로 재직하던 계해년 3월, 반정이 일어나 모든

※ 반정(反正) — 광해군을 몰아내고 인조를 즉위시킨 인조반정을 말한다.

사람들에게 항복을 권유하였다. 윤여임이 말하였다.

"주나라 무왕(武王)이 은나라 주왕(紂王)을 몰아내고 스스로 왕위에 오르자, 백이(伯夷)와 숙제(叔齊)가 수양산으로 들어가 절개를 지키다 굶어 죽은 일이 있소이다. 비록 임금이 포악한 정치를 일삼기는 하였으되 나는 그 밑에서 벼슬을 한 사람이오. 그분을 위해 절의를 지키는 것 또한 신하의 도리라고 생각하오."

그는 끝내 반정 세력에게 복종하지 않았다. 그러자 인조는 그를 먼 곳으로 귀양을 보냈고, 윤여임은 오히려 즐거운 마음으로 대궐 문을 나서서 유배 길에 올라 영천으로 떠났다. 그 후 윤여임은 벼슬에서 물러나 부친이 살던 곳으로 돌아가 여생을 보냈다.

한편, 윤지경과 연화의 상례가 완전히 끝났다. 이들을 영장할 때는 두 개의 상여가 한꺼번에 나갔으며, 반혼할 때도 요여가 둘이나 되어 모든

사람들이 대단하게 여겼다. 후에 윤지경과 윤여임 두 부자는 모두 서원에 배향되었다.

윤지경은 자손이 매우 많았는데, 그중에 벼슬을 한 사람이 40여 명이나 되었으며 교리 숫자는 다 기록할 수 없을 정도였다. 기이하고 특별한 일화가 많지만 가까운 집안 어른의 일이기 때문에, 이 글에서 다룬 정도만 기록하고 나머지는 모두 기록하지 못하는 바이다.

※ **영장**(永葬) — 묘를 옮기지 않을 자리에 영원히 모시는 일.
※ **반혼**(返魂) — 반우(返虞)라고도 한다. 장례를 치른 뒤에 신주를 집으로 모시고 오는 일.
※ **요여**(腰舆) — 시체를 묻은 뒤에 혼백과 신주를 모시고 돌아오는 작은 가마.
※ **교리**(校理) — 교서관(校書館)이나 승문원(承文院)에 소속된 정5품의 벼슬.

『윤지경전』깊이 읽기
역사의 거센 물결, 사랑으로 헤쳐 가다

고전 소설의 줄거리는 정말 뻔하기만 한 것일까

작자나 창작 시기를 정확히 알 수 없는 고전 소설의 경우, 내용에만 의존하여 작품의 의미를 파악하는 것에는 한계가 있다. 알게 모르게 우리는 작품의 시대적 배경을 생각하며 작품을 읽는 것에 익숙해져 있기 때문이다. 구체적인 역사 속 인물이나 사건이 등장하면, 우리는 어쩔 수 없이 그 시대에 얽매이게 되어 작품을 자유롭게 해석하기 어렵다.

『윤지경전』은 기묘사화(己卯士禍)라는 역사적 사건을 배경으로 하고 있으며, 등장인물 중 몇 사람은 실존 인물이거나 혹은 실존 인물을 연상시키는 이름을 가지고 비슷한 행동을 보여 준다. 때문에 기묘사화라는 역사적 사건을 도외시한 채 이 작품을 해석하기는 참으로 어렵다. 작품 자체만으로 해석하는 것이 문학 감상의 온당한 태도라고들 하지만, 고전 문학 작품을 그 기준으로 보는 것이 꼭 옳다고만 할 수 없다. 근대 이전에는 문학과 역사와 철학 등 인문학의 각 분야가 오늘날처럼 확실히 나뉘지 않았기 때문에, 그 당시의 문학 작품은 이 모든 것들이 뒤엉키고 섞여서 형성되었다. 그렇게 만들어진 작품을 근대인의 시각으로만 바라보고 해석한다면, 작가가 전달하고자 하는 바를 놓치기 쉽다.

소설을 읽는 이유는 사람마다 다르겠지만, 소설을 통해 '재미'를 느끼고 싶어 한다는 점은 대부분 일치하지 않을까 싶다. 이야기를 통해 사람들에게 재미를 주는 갈래로 소설만 한 것이 또 있을까? 태곳적부터 사람들은 이야기를 나누면서 우리의 삶을 통찰하고 힘든 시기를 넘기는 지혜를 얻기도 했다. 그 이야기들은 사람과 사람 사이를 떠돌아다니면서 생명력을 유지한다. 오랜 세월 동안 사람들에게 전승되는 것이 있는가 하면, 짧은 생명을 다하고 사라지는 것이 있다. 그런 이야기들이 기록 문학의 발달과 함께 소설이라는 갈래와 맥을 함께하면서 우리 문학사를 풍성하게 만드는 힘으로 작용하였던 것이다.

그동안 고전 소설은 '도식적인 줄거리와 평면적인 인물'이라는 선입견 때문에 일반 독자들에게 썩 좋은 이미지를 남기지는 못했다. 사람들이 고전소설은 뻔한 이야기일 것이라고 지레짐작하여 읽지 않는 경우를 많이 보았다. 그렇지만 우리의 고전 소설을 꼼꼼히 읽어 본다면 기대했던 것보다 훨씬 더 큰 즐거움을 얻게 될 것이다. 또한 즐겁게 읽다 보면 작품 내용을 좀 더 깊이 이해할 수 있는 계기도 자연스레 생길 것이다.

『윤지경전』의 여러 이본들

『윤지경전』은 김기동이 『문학사상』 1973년 9월호에 간단한 해설과 함께 전문을 현대어로 풀이하여 수록함으로써 처음으로 소개되었다. 그는 이 작품을 '중종조의 대표적 고전'이라는 한마디로 소개하고, 중종 때의 사건을 배경으로 하여 역사와 허구를 교묘하게 섞은, 작자와 연대 미상의 소설이라고 설명하였다. 그 이후 여러 연구자들이 작품을 연구하여 성과를 축적하였지만, 문학사적 위상이나 가치 등에 대한 자리 매김은 쉽게 이루어지지 않았다. 많은 작품이 그렇겠지만, 『윤지경전』 또한 작자, 창작 시기, 전승 경위 등이 정확하게 밝혀진 바 없기 때문이다. 보는 사람에 따라 이 작품은 창작 연대의 편차가 조선 중기부터 조선 말기까지 상당히 넓었으며, 이본에 따라 등장인물들의 이름에도 많은 차이가 있었다. 그렇지만 여러 가지 정황을 미루어 짐작컨대 조선 후기에 지어진 작품이라는 점에서는 많은 사람들이 의견을 같이한다.

현재까지 알려진 바에 의하면『윤지경전』의 이본은 모두 네 가지다(모든 이본 연구가 그렇듯이, 새로운 판본이 발견되면 이본의 숫자는 달라질 수 있다). 국문본인 서울대본, 김동욱본, 하버드본과 한문본인 동국대본이 있다. 이들 중 동국대본이 가장 오래된 판본으로 추정되며, 다른 이본들은 거기서 파생되었을 거라는 게 연구자들의 생각이다. 다른 작품과 비교해 볼 때,『윤지경전』의 이본은 그리 많은 편이 아니다. 줄거리는 대체로 비슷하지만 등장인물의 이름 등 세부적인 부분에서는 조금씩 차이가 있다. 예를 들어, 어떤 판본에서는 주인공 윤지경이 윤인경으로, 박 귀인이 송 귀인으로 표현되어 있기도 하다.

이들 이본 중에서 비교적 줄거리가 충실하고 짜임새가 있는 것은 서울대본이다. 반흘림체의 아름다운 궁체로 필사된 이 판본은, 글씨의 유려함도 돋보이지만 내용 전달 면에서도 독자들의 흥미를 끌기에 손색이 없다. 그러나 중간 부분에 일부 판독하기 어려울 정도로 완전히 흘려서 쓴 곳이 있다. 윤지경이 임금과 격렬한 토론을 벌이는 대목이므로 내용상 없어서는 안 되는 부분이다. 하지만 임금과의 껄끄러운 관계를 드러내는 부분이라서 필사한 이가 일부러 글씨를 알아보기 힘들 정도로 완전히 흘려 쓴 것이 아닌가 싶다.『윤지경전』을 풀어 쓴 기존의 책들은 이 부분을 특별한 언급 없이 삭제하였지만, 이 책에서는 모두 판독하여 그 내용을 수록하였다. 이 책의 본문 69쪽 열일곱째 줄부터 73쪽 넷째 줄까지가 바로 그 부분이다.

험난하구나, 사랑의 길이여

사랑을 쉽게 얻는 사람이 얼마나 되랴마는, 『윤지경전』이 보여 주는 사랑의 길은 진정 목숨을 거는 것이었다. 전염병을 피해 잠시 머물게 된 곳에서 윤지경은 최연화를 처음 만난다. 병이 든 두 사람을 남기고 사람들이 다른 곳으로 피난을 한 사이에 이들은 서로 사랑에 빠진다. 집 안에는 아무도 없고 오직 전염병의 그림자만이 바람을 따라 돌아다닌다. 죽음의 그림자와 함께 두 사람은 안채와 바깥채에서 각각 병마와 싸운다. 돌보는 사람 없이, 천지간에 오직 그들만이 집 안에서 살아간다. 시중을 드는 노복이 있었다 해도, 이들에게 무슨 의미가 있었겠는가. 모든 사람들이 전염병을 피해 살길을 찾아 어디론가 떠난 상황에서, 두 사람은 사랑의 맹세를 한다. 전염병이 이들의 사랑을 막는 첫 장애물이자 이들의 사랑을 이어 주는 중매쟁이 역할을 한 셈이다.

이들의 사랑을 막는 가장 큰 집단은 임금을 중심으로 형성된 종실 집안 세력이다. 윤지경은 이런저런 우여곡절 끝에 최연화와 혼인식을 올리게 된다. 그러나 식을 거행하는 동안 갑자기 들이닥친 사신에 의해 부랴부랴 궁궐로 들어가게 되고, 임금에게서 부마로 간택되었다는 말을 듣는다. 임금의 명령에 항거하면서 윤지경과 최연화의 사랑은 큰 위기를 맞는다. 윤지경은 부친과 함께 감옥에 갇히고, 최연화와의 혼인은 강제로 무효가 된다. 그러나 부마의 지위를 받아들인 이후에도 윤지경은 최연화만을 아내로 여기면서 매일 밤 그녀를 만난다. 이것이 발각되자 윤지경과 최연화는 남과 북으로 갈리어 귀양을 가게 된다. 이것이 작품 전체를 통틀어 두 사람의 사랑을 가로막는 최대의 위기다.

표면적으로 보면『윤지경전』은 사랑을 가로막는 세력에 격렬하게 항거하여 결국은 자신의 사랑을 지켜내는 이야기다. 흔히 '혼사 장애' 모티프라고 하는 이 이야기 구조는, 『윤지경전』의 중요한 줄기다. 그렇지만 우리가 놓치지 말아야 할 것이 있다. 바로 임금과 박 귀인 사이에서 태어나 윤지경의 법적 아내가 되는 연성옹주다. 윤지경은 최연화와의 사랑을 막는 걸림돌로 연성옹주를 지목하고, 심하다 싶을 정도로 박대한다. 얼굴이 못생긴 괴물이라는 둥, 시기와 질투나 한다는 둥 하면서 윤지경은 시종일관 연성옹주를 궁지로 몰아간다. 그러나 다시 돌이켜 생각해 보면, 연성옹주가 무슨 죄를 지었단 말인가. 그녀가 옹주가 되고 싶어 된 것도 아니고, 윤지경과 혼인을 시켜 달라고 한 적도 없다. 게다가 혼인을 하고 보니 남편은 코빼기도 보이지 않고 밤마다 옛 연인의 집을 드나들면서, 집에는 옷을 갈아입으러 올 뿐이다. 정상적인 결혼 생활이라고 할 수 없다. 결혼 생활이 파탄에 이른 것은 결코 연성옹주의 책임이 아닌데도, 윤지경은 그녀를 비난하고 박대한다. 물론 연성옹주가 그들 결혼의 배후 세력인 임금과 박 귀인, 희안군 등을 대변하는 인물로 등장하기 때문에, 윤지경이 그녀에게 더욱 분을 내고 있다는 점을 고려해야 한다. 이러한 사정은 작품 말미에서 연성옹주가 다시 윤지경과 화목하게 살아갈 수 있는 조건이기도 하다. 어쨌든 최연화가 사랑의 위기를 맞으며 절망에 빠져 있을 때, 다른 한쪽에서는 사랑 없는 결혼으로 인하여 또 다른 여인이 절망에 빠져 있었던 것이다.

이 밖에도 윤지경과 최연화의 사랑은 처음부터 또 하나의 위기를 가지고 있었다. 이들은 공식적으로 육촌 남매 사이다. 최연화의 아버지 최홍일의 아내는 윤지경의 아버지 윤현의 사촌 누이였다. 그 윤씨 부인이 죽자 최일홍은 이씨 부인을 후처로 맞아들여 아이를 낳았는데 그가 바로 최연화다. 핏줄로 보면 남남이지만, 사회적 통념으로나 객관적인 이치로 보면 두 사람은 분명히 육촌 남매이다. 작품 초반에 최홍일이 최연화를 윤지경에게 소개하면서 남매의 예로 인사를 시킨 것은 바로 이 점을 드러내는 것이다. 이렇게 보면 둘 사이의 사랑은 애초부터 큰 장애가 존재하고 있었다. 이야기 속에서 드러나지는 않았지만, 윤리적 장애를 넘어서기까지 얼마나 고민했을 것인가.

그렇게 힘들게 하나의 장애를 넘어 사랑을 시작하자마자, 임금이라고 하는 거대한 장애물을 만나게 된 것이다. 중세 사회에서 임금이란 곧 모든 것을 의미한다. 그의 혀끝에서 사람의 목숨이 들고 난다. 그 거대한 권력 앞에서 윤지경은 자신의 사랑을 당당하게 외친다. 누구나 할 수 있는 행동이 아니다. 사랑을 외치는 그의 용기 앞에서 독자들은 가슴속에서 솟구치는 시원한 감동을 느낀다.

남녀의 사랑은 그 사랑이 오갈 수 있는 사회적 공간을 필요로 한다. 우리가 누군가를 만나 사랑하게 되었다면, 두 사람이 만날 수 있는 공간이 있어야 한다. 요즘이야 그런 공간이 많지만, 남녀 간의 소통이 어려웠던 근대 이전에는 사랑에 빠질 수 있는 계기도 별로 없었고 그럴 만한 공간도 거의 없었다. 『윤지경전』의 주인공들 역시 집 안에서의 만남이 사랑을 하게 된 계기가 되었다는 사실도 바로 이런 사정 때문이다.

그러나 사랑이 시작되었어도 여전히 문제는 남는다. 어디서 사랑을 키워 갈 것인가. 사회적으로 남녀의 분별이 엄한 상황에서 그들이 선택할 수 있는 방법은 남들의 눈을 피해 몰래 만나는 것이다. 혼인을 하면 모든 문제가 해결되겠지만, 그 이전까지는 다른 방법이 없다. 우리 고전 소설 작품 중 대부분이 남자 주인공이 사랑하는 여인을 만나는 장소로 술집과 같은 유흥 공간을 제시하는 것이나, 여자 주인공이 집안의 몰락과 같은 특별한 사정 때문에 어쩔 수 없이 유흥 공간에서 살아야 하는 상황을 설정하는 것도 모두 이런 까닭이다.

어쨌든, 자주 만나서 사랑을 속삭일 공간도 없는 터에 거대 권력이 사랑의 장애물로 등장하는 순간 윤지경과 최연화의 사랑은 바람 앞의 등불이 되었다. 그 사랑을 지켜 나가는 윤지경의 모습이야말로 독자들의 마음을 사로잡는 큰 힘이었을 것이다. 임금 앞에서도 당당하게 자기 의견을 피력하면서, 사랑을 잃지 않으려 애쓰다가 끝내 멀리 귀양을 떠난다. 윤지경은 남쪽으로, 최연화는 북쪽으로 갈라져 생이별을 한다. 그 와중에도 윤지경은 온갖 곡식과 옷가지뿐만 아니라, 서답까지 만들어 멀리 있는 최연화에게 보냄으로써 결코 그녀를 잊지 않고 있다는 애정 어린 마음을 전한다. 그렇게 지켜 낸 사랑이 성취되는 모습을 지켜보면서, 우리는 다시 한 번 험난한 세파를 헤쳐 나가는 사랑의 힘에 새삼 감동을 받는다.

사랑 이야기 사이로 스미는 역사의 물결

『윤지경전』이 '사랑'을 가장 소중한 가치로 내세우고 있지만, 사랑은 맹목적으로 추구하거나 지킬 수 있는 것이 아니다. 요즘도 마찬가지겠지만, 사랑을 지키기 위해서는 용기와 지혜가 모두 필요하다. 용기만 내세우면 맹목적인 것이 되기 쉽고, 지혜만 있다면 나약해지기 일쑤다. 윤지경은 두 가지 덕목을 적절히 내세우면서 최연화와의 사랑을 키워 나간다. 작가는 그 과정 속에 역사적 사건을 절묘하게 집어넣어 이야기에 긴장감을 더하였다. 우리 고전소설에서는 흔히 볼 수 없는 뛰어난 이야기 솜씨다.

부귀영화가 보장된 옹주와의 결혼을 윤지경이 강력하게 거절한 것이 일차적으로 최연화에 대한 사랑 때문임은 말할 것도 없다. 그리고 그가 옹주를 거절한 또 하나의 이유는 바로 역사에 대한 명확한 해석에서 비롯한다. 현실을 바라보는 윤지경의 시선은 엄정하면서도 정확하다. 가장 공적이어야 할 임금의 권력을 사적 소유물로 만드는 세력이 누구인가를 명쾌하게 파악하고 있다. 이 점은 예나 지금이나 지식인들이 갖추어야 할 중요한 덕목이다. 공부를 열심히 했다면 그것이 현실에서 구체적 행동으로 표현되어야 보람이 있다. 불의를 보고도 불이익을 받을까 두려워 입을 다문다거나 모른 척 눈을 돌린다면, 그의 공부는 진정한 공부라 할 수 없다. 공부는 익으면 익을수록 반드시 어떤 실천으로 나타나기 마련이다. 동서양의 많은 성현들이 지행합일(知行合一), 즉 앎과 행동은 하나여야 한다고 말해 왔던 것도 이 때문이다.

실천은 언제나 구체적인 역사 현실 속에서 이루어진다. 윤지경의 공부가 실천으로 표출되도록 만드는 계기는 바로 기묘사화다. 기묘사화는 중종 14년(1519)에 일어난 사건이다. 유교적 이상 사회를 건설하기 위한 포부로 가득 찬 조광조가 정권을 잡고 새로운 개혁 정책을 시행하자, 기득권 세력은 이에 불만을 가진다. 경빈 박씨로 대표되는 훈구파 관료들은 기득권을 지키기 위해 결국 조광조를 모함하여 죽음으로 몰고 간다. 그 과정에서 새로운 유교 사상을 공부한 사림파의 선비들이 죽거나 귀양을 간다. 이 사건에 연루되었던 사람들은 이후 정권이 바뀌면서 모두 복권되었을 뿐만 아니라 후세 선비들의 모범으로 추앙되기에 이른다. '기묘명현(己卯名賢)'으로 지칭되는 선비들이 바로 그들이다. 『윤지경전』은 이 사건을 소설의 큰 줄기로 삼고 있는데, 경빈 박씨는 '박 귀인'으로 그려지고 있다.

윤지경은 조광조 일파를 몰아낸 중종에게 반기를 든 셈이다. 그는 중종을 '어두운 임금'이라는 뜻의 '혼군(昏君)'으로 칭하면서 격렬하게 비난한다. 그 때문에 귀양을 가지만, 결국 불의로 정권을 잡았던 남곤과 심정 일당들의 세력이 오래지 않아 무너질 것을 꿰뚫어 보고 있었으므로 앞날에 확신을 가지고 당당하게 행동할 수 있었다. 그것은 윤지경의 예언 능력을 드러내려고 한 것이 아니라, 그동안 해 왔던 공부와 정의로운 마음 등이 복합적으로 작용한 결과임을 드러내는 것이다. 결국 세자를 해치려던 박 귀인 일당의 음모가 드러나면서 갈등은 해결되고, 윤지경은 다시 원래의 지위로 돌아간다.

물론 이 과정이 순조롭게만 진행된 것은 아니다. 윤지경은 사랑을 지키기 위해 임금에게 항거하지만, 결국 가문의 몰락이라는 위기 앞에서 연성옹주와 결혼할 수밖에 없었다. 더 이상 윤지경이 연성옹주와의 결혼을 거절할 수 없게 만든 아버지의 하옥, 그리고 더 이상 최연화를 찾아오지 말라는 장인 최 참판의 간곡한 부탁은 모두 '효(孝)'를 근간으로 하는 조선 사회에서 윤지경이 절대로 무시할 수 없는 것이었다. 결국 윤지경은 그 앞에서 굴복하지만, 남몰래 최연화를 만남으로써 새로운 사랑의 길을 모색한다. 조선 시대가 가진 한계 속에서, 윤지경은 사랑을 지키기 위해 할 수 있는 최선의 길을 선택한 것이다.

이렇게 윤지경의 사랑 이야기에는 역사의 세찬 물결이 절묘하게 스며 있다. 기묘사화에 연루되어 피해를 입은 선비들의 이야기는 널리 알려진 것이므로, 독자들은 그 사건이 사회에 일으켰던 충격과 영향력을 생각하며 그 속에서 윤지경과 최연화의 사랑을 더욱 감동적으로 받아들이게 된다. 역사의 격랑 속에서 좌절하는 사랑이 아니라 그것을 거침없이 헤쳐 나가는 사랑을 그려 내고 있다는 점에서, 『윤지경전』은 이 시대에도 여전히 생각할 거리를 전해 주고 있다.

역사는 어떻게 허구와 만나는가

모든 이야기는 역사적 사실과 허구적 상상을 동시에 가지고 있다. 아무리 객관적인 현실을 있는 그대로 그리려고 해도, 서술하는 과정에서 허구적 측면이 개입하기 마련이다. 역사적으로 실제 발생했던 사건을 소재로 한 소설이라 해도, 그것은 허구적 상상으로 다시 재구성되어 완성되기 마련이다. 다만 작품에 따라 이야기가 실제 사건과 상상적 요소 중 어느 쪽에 더 많이 기울어져 있는가 하는 차이가 있을 뿐이다. 예를 들어 역사 소설은 현실 속 실제 사건에 비중을 더 많이 둔 것이고, 판타지 소설은 사건 자체보다는 상상 쪽에 무게를 둔 것이다.

그렇다면 『윤지경전』은 어떤가. 앞서 언급한 것처럼, 이 작품은 실제 발생했던 기묘사화를 배경으로 하고 있다. 또한 그 시대의 역사적 인물들을 그대로 등장시키거나 이름을 조금 바꾸어서 등장시켰다. 그러나 주인공인 윤지경이나 최연화는 작가가 상상 속에서 창조한 인물이다.

작가는 사실과 허구를 절묘하게 엮어 놓음으로써 독자들의 독서에 긴장감을 불어넣었다. 실제 사건을 그대로 기술하기보다, 적절하게 창조된 인물과 배경을 넣음으로써 오히려 실제 사건의 특징을 명확하게 드러낸 것이다. 이것이 바로 역사 소설을 읽는 묘미가 아니겠는가? 연구자들은 『윤지경전』을 애정 소설로 분류한다. 그러나 역사 소설의 면모를 강하게 가지는 것도 사실이다. 다시 말해서 『윤지경전』은 기묘사화라는 역사적 사건의 전말과 의의를 작품 속에서 잘 형상화하는 동시에 주인공들의 사랑과 시련을 아름답게 그려 냈다. 옛날이야기처럼 단순히 평면적으로만 생각되기 쉬운 역사적 사건들이 작품 속에서 훨씬 구체적인 현실처럼 다가오는 이유는 바로 작가가 창조한 인물들의 말과 행동이 살아 있기 때문이다. 또한 이 인물들을 통해 『윤지경전』은 역사 속에서 개인의 운명이 어떻게 변화하는지를 감동적으로 드러내고 있다. 독자는 이야기의 주인공들이 운명을 어떻게 넘어서는지를 읽으면서, 자신이 살아가고 있는 시대를 돌아보게 된다. 내 눈은 내가 당면하고 있는 역사 현실의 어느 지점을 향하고 있는지 다시 한 번 돌아보게 되는 것이다.

『윤지경전』을 읽고 나서
나도 이야기꾼!

① 조선 시대 애정 소설에서는 보통 남자 주인공보다 여자 주인공이 사랑을 이루기 위해 적극적이고 진취적인 모습을 보여 줍니다. 여러분이 잘 알고 있는 또 다른 애정 소설인 『춘향전』과 『채봉감별곡』에서 남녀 주인공들이 사랑을 얻기 위해 각각 어떠한 일을 했는지 적어 보고, 『윤지경전』의 윤지경과 최연화는 이들과 어떻게 다른지 비교해 봅시다.

	남자 주인공이 한 일	여자 주인공이 한 일
춘향전		
채봉감별곡		
윤지경전		

2 이 책에는 쌍륙, 승경도 같은 옛 전통 놀이들이 등장합니다. 이 밖에 지금까지 전해 내려오는 우리나라의 옛 전통 놀이로 무엇을 들 수 있을까요? 또한 여러분이 어린 시절에 주로 했던 놀이들은 무엇이었는지 친구들과 함께 이야기해 봅시다.

3 윤지경과 최연화가 사랑을 나누는 데 가장 큰 걸림돌이 되었던 것은 임금이었습니다. 임금은 자신의 지위를 앞세워 혼례를 치르던 윤지경을 대궐로 불러들여 부마로 간택하고, 윤지경이 자신의 말을 듣지 않자 결국 귀양을 보내어 끝내 최연화와 떨어져 지내게 합니다. 오늘날에는 그런 부조리한 일이야 없겠지만, 여전히 사랑을 가로막는 장애물은 있습니다. 이런 장애물에는 어떤 것이 있는지 이야기해 봅시다.

4 『춘향전』의 춘향이와 이몽룡은 한 번 헤어졌다가 다시 만나는데, 『윤지경전』의 윤지경과 최연화는 만났다가 헤어지는 과정을 여러 차례 반복합니다. 다음 표를 통해 두 사람이 처음 만났을 때부터 정식으로 부부가 되기까지의 과정을 정리해 봅시다.

	만남	헤어짐
첫 번째		연화의 집에서 윤지경의 청혼을 거절함
두 번째	윤지경과 최연화가 돌림병에 걸려 함께 거처함	
세 번째		연화가 죽은 것처럼 꾸며 거짓 장례를 치름
네 번째	선중이 윤지경에게 최연화의 처소를 알려 줌	
다섯 번째		———

5 윤지경이 최연화를 만나기 위해 몰래 최 참판 댁의 담을 넘다가 도적으로 몰리는 장면에서 하인과 나누는 대화는, 말의 뜻을 엉뚱하게 해석하거나 혹은 말에 다른 의미를 붙여서 웃음을 유발하는 언어유희를 보여 줍니다. 다음 윤지경과 하인의 대화를 다시 한 번 읽어 보고, 오늘날 우리 주변에도 이런 언어유희가 있는지 찾아봅시다.

"이보게. 나 부마일세."

그 말을 들은 하인들 중, 어떤 늙은 종이 앞으로 나서며 귀가 어두워 말을 알아듣지 못하는 척하면서 대꾸하였다.

"불렀으니 왔다는 말이 더욱 흉악하구나. 그놈을 꼼짝 못하게 동여매어라."

하인의 엉뚱한 말대꾸에 윤지경은 어이가 없어 화가 났지만 어쩔 수가 없었다. 그래서 다시 이렇게 말했다.

"네 상전을 이렇게 대하고 나중에 어쩌려고 그러느냐?"

늙은 하인이 또 대답하였다.

"아무려면 상놈이지 양반이겠느냐?"

윤지경이 다시 웃으며 말했다.

"응당 양형이 시킨 일이겠구나."

늙은 하인이 다시 말했다.

"아무려면 아니 가겠느냐? 갈 곳은 응당 형조(刑曹)나 포청(捕廳)이지, 아니 가리라고 생각했느냐?"

6 『윤지경전』의 주인공들은 대부분 상상 속에서 만들어진 인물이지만 소설 속 사건 중 기묘사화나 작서지변 등은 실제 일어났던 일로, 역사 현실을 그대로 드러내고 있습니다. 사실과 허구를 적절히 섞어 한 편의 이야기를 만들어 낸 것입니다. 여러분도 여러분의 주변에서 일어난 일을 바탕으로 상상력을 펼쳐 짧고 재미있는 이야기를 만들어 봅시다.

────────
'이야기 속 이야기'의 내용을 더 알고 싶다면?

『다산과 연암, 노름에 빠지다』, 유승훈, 살림, 2006

『일상으로 본 조선시대 이야기 1』, 정연식, 청년사, 2001

『조선 왕실의 의례와 생활, 궁중문화』, 신명호, 돌베개, 2002

『조선시대 사람들은 어떻게 살았을까 2』, 한국역사연구회, 청년사, 2005

『조선의 왕』, 신명호, 가람기획, 1998

『조선을 뒤흔든 16가지 연애사건』, 이수광, 다산초당, 2007

『이야기 조선왕조사』, 이근호, 청아출판사, 2005

『다산 정약용 유배지에서 만나다』, 박석무, 한길사, 2003

『완당 평전』, 유홍준, 학고재, 2002

『조선 왕 독살사건』, 이덕일, 다산초당, 2005

『한국사로 읽는 성공한 개혁, 실패한 개혁』, 이덕일, 마리서사, 2005

『서포 김만중의 생애와 문학』, 김병국, 서울대학교출판부, 2001

────────
그림 소장처

〈매화병제도〉, 정약용, 고려대학교박물관 소장.